외계 고양이 클로드

❺ 새로운 우주 황제

KLAWDE: EVIL ALIEN WARLORD CAT #5

by John Bemelmans Marciano and Emily Chenoweth, and illustrated by Robb Mommaerts

외계 고양이 클로드

❺ 새로운 우주 황제

조니 마르시아노, 에밀리 체노웨스 글
롭 모마르츠 그림 • 장혜란 옮김

북스그라운드

✦

시몬 정에게

–조니 마르시아노

벤과 안체 체노웨스에게

–에밀리 체노웨스

시시한 그림을 그린다며

지하 감옥에 처박힌 나를 참고 견뎌 주는,

배려심 많고 부지런한 나의 아내 모린에게

–롭 모마르츠

0장

새로 고침.

새로 고침.

새로 고침.

쉿쉿! 은하계 통신기의 받은 메시지 함을 아무리 다시 눌러 봐도 초대장은 오지 않았다. '사악한 최고 지도자 연합회'의 정기 총회가 당장 내일부터 시작인데 말이다!

아마도 '블라지안 사분면'에 유성우가 쏟아지는 바람에 초대장 발송이 늦어지는 듯했다. 나는 초대장이 들어오는 대로 알람이 울리게끔 맞춰 놓고 '진정 낮잠'을 자려고 눈을 감았다.

내가 파괴와 억압, 무엇보다 사악함을 추구하는 '**사**악한 최**고 지**도자 **연**합회' 줄여서 '사고지연' 모임을 얼마나 고대했는데. 우주를 통틀어 가장 사악한 폭군, 독재자, 절대 권력자 들이 이 모임에 참석할 터였다.

그런 이들과 어깨를 나란히 하는 것은 매우 흐뭇한 일이었다.

"클로드! 클로드! 너 지하실에 있니?"

소년 인간이다. 학교에서 돌아온 모양이었다. 소년 인간은 평소보다 밝은 모습으로 지하 벙커로 내려왔다.

"오늘 내가 연습 경기를 얼마나 잘했는지 알아? 우리 중에 내가 제일 많이 슛을 넣었다고! 드디어 농구 시즌이 와서 정말 좋아." 소년 인간이 말했다.

분명 내가 하지 말라고 했는데도 이 인간은 '농구'가 뭔지 떠들기에 바빴다. 농구는 인간들이 부푼 고무공을 평평하고 커다란 손으로 톡톡 가볍게 쳐서 여러 차례 바닥

위로 튀게 하는 우스꽝스럽고 바보 같은 행동이었다. 그러다 어느 순간 위쪽에 매달린 둥근 테를 겨냥해 공을 집어 던졌다.

오랜 옛날 동굴 고양이들이 적들의 머리뼈를 이리저리 던지는 경기를 즐겨 했는데, 그와 비교해 전혀 발전되지 않은 것 같았다. 하물며 재미도 없었다.

"인간, 오늘따라 네 수다가 유난히 지루하고 시시해서 죽을 것 같네. 흥미로운 얘기는 전혀 없는 거야?" 나는 물 건너간 '사고지연' 초대장을 잠시라도 잊고 싶었다.

"음, 나는 요즘 학교 과제로 독재자가 된 잔악무도한 장군을 조사하고 있어."

"오랜만에 마음에 드는 일을 하네." 내가 말했다.

"클로드 너 말고 '나폴레옹' 말이야." 소년 인간이 대꾸했다.

듣자 하니 이 특출나다는 지도자 인간은 약 200년 전, 부대를 이끌고 '유럽'이라는 작은 대륙의 일부를 정복했다고 한다. 참도 감명 깊네. 지구의 절반도 무릎 꿇리지 못한 자를 조사한다고?

"그렇지만 나폴레옹은 여러 나라를 정복했어." 소년 인간이 말했다.

“너희 인간들이 서로를 왜 구분하는지 도무지 이해가 안 돼. 너희는 하나같이 완전 똑같다니까? 누가 누군지 분간을 못 하겠어. 반면에 고양이들은 다 다르지. 각자 독특하고 기억에 남을 만한 개성이 있어.”

소년 인간이 눈을 굴렸다.

“그건 그렇고, 문제가 좀 있어. 이 과제를 뉴트랑 같이해야 하거든. 너도 알잖아. 뉴트가 나한테 얼마나 못되게 구는지.”

“아, 바퀴 달린 판을 타고 네 솜뭉치 곰한테 돌진한 애 말이지? 뛰어난 교활함으로 계속해서 널 망신 주는 애.” 내가 말했다.

“어, 맞아. 그 애야.” 소년 인간이 말했다.

“아주 잘됐네! 이제 걔를 뭉개 버릴 기회가 생겼잖아. 하찮은 사기꾼이라고 까발려 버려. 머저리라고 말이야!”

“하지만 그럼 내 손해인걸. 우리는 같은 팀이라서 같은 점수를 받거든.”

“그건 말도 안 돼.”

“클로드, 내 생각엔 네가 ‘팀워크’의 의미를 잘 모르는 것 같은데." 소년 인간이 말했다.

이번만큼은 소년 인간의 말이 맞는지 모른다. 왜 굳이 '함께'하지? 혼자서도 충분히 '맞서 싸울' 수 있는데? 인간들의 어리석음이 드러나는 또 하나의 예였다.

1장

아침을 먹는데 엄마 아빠가 학교 조별 과제에 관해 물었다. 내가 가장 말하고 싶지 않은 주제였다.

"오늘 농구 대표 선발전이 있어요. 전 학교 대표 농구 팀에 꼭 들어가고 싶어요." 내가 말했다.

"그렇지만 얘야, 너보다 나이 많은 선배들도 참가할 텐데." 엄마가 말했다.

"저도 알지만 브루클린에서는 형들만큼 잘했잖아요."

"일단 행운을 빈다만 엄마는 네가 좀 더 재미있는 운동을 했으면 좋겠구나. 펜싱 같은 거 있잖아. 아니면 체스?"

"체스는 운동이 아니에요, 엄마."

"넌 잘할 거다, 라지. 어쩌면 봄쯤엔 야구를 하겠다고 할지도 모르겠구나!" 아빠가 팔꿈치로 나를 슬쩍 밀면서 말했다.

"그것도 운동이라기엔." 내가 웅얼거렸다.

내가 접시를 들고 자리에서 일어나자 클로드가 식탁 위로 뛰어오르더니 아빠 접시에 있는 스크램블드에그를 입에 넣었다.

“여보, 고양이가 음식에 달려들게 허락하면 안 되지.” 엄마가 말했다.

'허락'이라는 말이 가당치 않았는지 클로드는 아빠를 흘겨보고는 번개처럼 빠르게 아빠의 손을 할퀴었다.

아빠는 손가락을 털면서 말했다. "요 개구쟁이 야옹이 같으니!"

엄마가 클로드 못지않은 번개 같은 속도로 클로드를 식탁에서 떼어 냈다.

"이 집에서 반려동물은 식탁에서 밥을 먹지 않아."

클로드는 엄청나게 쉿쉿거렸지만, 나는 클로드가 엄마를 할퀴는 위험을 감수하지 않으리라는 것을 알았다. 클로드는 사악할지 몰라도 어리석지는 않았다.

2장

소년 인간은 여러 스니커스 가운데 어느 것을 신을지를 놓고 쓸데없이 길게 고민했다. 그런 다음에야 책가방에 물건을 쑤셔 넣고 세상 의미 없는 학교로 터벅터벅 걸어갔다. 나는 아침밥을 먹고 낮잠을 자려고 막 자리를 잡고 있었다. 그때, 내가 기다리던 소리가 들려왔다.

알람이다!

나는 계단을 질주해 내려갔다. 은하계 통신기에서 알람이 울리고 있었다. '사악한 최고 지도자 연합회'로부터 연락이 온 것이다.

드디어.

하지만 그 메시지는 초대장이 아니었다. 게다가 유쾌한 내용도 아니었다.

회원 등급 변경 공지

받는 이: 위스쿠즈(전 리티르복스 최고 지도자, 현재 지구의 집고양이)

보낸 이: 파괴와 억압, 무엇보다 사악함을 추구하는 '사악한 최고 지도자 연합회'

회원 등급 변경 사유: 최고 지도자로서의 활동 부족

회원님은 은하계나 태양계 혹은 행성을 지배한 지 1만 시간이 지났습니다.

또한 회원님은 성공적인 쿠데타나 군사 작전을 계획하거나 참여한 적이 없습니다.

등급 변경 관련 추가 혐의:

- 회원님이 개들에게 사과하는 장면이 목격되었습니다.
- 회원님은 원시 행성인 지구를 정복하려고 했지만 '인간'이라는 미개한 생물체에 의해 좌절당했습니다.
- 회원님은 인간과 개와 여러 차례 어울려 놀았습니다.

※ 이에 '사고지연' 선언문의 47U-XJ 내규에 따라, '사고지연'의 회원 자격이 박탈되었음을 알립니다.

자격 박탈? 모욕적이었다! 나는 오랜 시간 다른 어떤 폭군보다도 굳건히 우주에 군림해 왔다. 그래, 내가 왕좌에서 내쫓기기는 했지만, 고양이 행성을 지배했다는 사실은

다른 어떤 종을 수천 년간 지배한 것보다 훨씬 대단한 일이었다. 그것도 두 번이나 리티르복스를 다스렸는데!

나는 분노에 휩싸여 부하 플로피 피르에게 연락했다.

"오, 안녕하시옵니이이이이까, 최고 지도자시여. 어떻게 지내시……."

"내가 언제까지 추방으로 고통받아야 하나!"

"뭐라고 하셨죠?" 플로피가 멍청한 표정으로 눈을 깜빡였다.

나는 플로피에게 모욕적인 메시지를 읽어 주었다.

"어떻게 이런 일이 일어날 수가 있지? 그들이 어떻게 내가…… 캑! 캑! 잡종 개에게 사과한 걸 알고 있지?"

"그게 우주에서 가장 인기 있는 영상이니까요. 그러니까 제 말은 입소문이 났다는 뜻입니다." 플로피가 말했다.

"'인간과 어울려 놀았다'는 건 뭔데? 내가 언제 그랬어? 난 인간을 혐오한다! 난 인간에게 명령을 내린다! 게다가 내가 지구 정복에 실패한 사실은 또 어떻게 알았는지." 나는 침을 탁 뱉었다.

"팡그가 지난 '사고지연' 모임에서 떠벌리고 다녔나 봐요." 플로피가 말했다.

"팡그! 저주받을 고양이 자식. 보잘것없이 쭉 찢어진 눈깔에……. 가만, 지난번 모임에서 팡그가 떠벌리고 다녔다는 걸 네가 어떻게 알지?"

"저희 '사고지연' 월간 회보에 실렸거든요. 아니, 그러니까 제 말은 누가 회보에 실렸다고 저한테 말해 줬거든요. 저는 단연코 본 적 없는 회보였습죠." 플로피가 말했다.

"잠깐만, 설마 너 '사고지연' 회원은 아니지?" 상상도 못할 일이었다.

플로피가 귀 뒤를 긁적였다. "그게, 그렇게 됐습니다. 죄송합니다, 훌륭한 각하시여. 말씀드릴 만한 적당한 때가 없었습니다. 겨우 지구도 정복하지 못해 얼마나 낙담해 계신지 아는지라."

"모욕적인 동정심 따위 집어치워라! 그 말인즉슨, 네가 '사고지연' 정기 총회에 초대받았단 거냐?" 내가 천둥 치듯 소리쳤다.

"아…… 네."

"하지만 어째서, 어째서 널 초대한 거지? 징징대기만 하는 불쌍한 하인 녀석을!" 나는 바뀐 상황을 이해하려고 애쓰고 있었다.

"아시겠지만, 제가 주인님을 배신하고 리티르복스를 차지했었잖습니까. 그리고 한 말씀 더 드리자면, 저는 정말이지 이번 총회를 손꼽아 기다리고 있습니다. 뷔페 음식이 환상적이라고 들었거든요." 플로피가 말했다.

나더러 자신의 배신을 다시금 떠올리라는 것인가! 아니면 뷔페 음식을? "이 부하 녀석아, 나는……."

"어? 치지직, 치지직! 이런, 은하계 통신에 잡음이 심하네요! 치지직, 치지직! 연결이 끊어질 것 같습니다. 오, 위대한 주인님이시여!"

은하계 통신기 화면이 까매졌다.

쉿쉿!

3장

나는 농구 팀 선발전이 너무 기다려져서 마지막 수업은 거의 집중하지 못했다.

수업이 끝나는 종이 울리자마자 나는 체육관으로 달려가서 옷을 갈아입었다. 잔뜩 긴장한 탓에 코치 선생님이 선발전 시작을 알리는 호루라기를 불었을 때 펄쩍 뛰어오를 뻔했다. 나는 중거리 슛 절반을 놓쳤다. 그리고 삼 점 슛을 던지려고 줄을 섰다.

"라지, 파이팅!" 스티브가 관람석에서 외쳤다.

나는 크게 심호흡하고 나서 공을 들어 올렸다. 쏙! 공이 그물을 통과했다.

그때부터 나는 완전히 불타올랐다. 누구도 성공하지 못한 코너 슛까지 넣었다.

선발전 경기에서 코치 선생님은 나를 '포인트 가드'로 투입했다. 내가 가장 좋아하는 포지션이었다. 하지만 내가 코트에 들어가 처음으로 공을 잡자마자 학교에서 가장 무서운 선배인 세스 휘턴이 내 손안의 공을 빼앗아 곧장 치

책벌레들, 파이팅!!

고 나가면서 나를 쓰러뜨렸다.

"우우우우우!" 시더가 야유했다.

나는 다시금 심기일전해서 그 뒤로는 좋은 패스를 이어 갔다. 포인트 가드는 슛보다 패스를 잘하는 게 훨씬 중요했다. 그런데 마지막 공격 찬스에서 우리 팀 선수 모두가 상대 선수에게 둘러싸여 패스할 사람이 없었다. 종료 시간이 다 되어 가서 나는 하프 라인에서 슛을 쏘았다. 그리고…….

찌이잉!

경기 종료를 알리는 버저 소리와 함께 공이 림 안으로 빨려 들어갔다. 체육관 전체가 환호성으로 터져 나갔다!

뭐, 터져 나간 정도는 아니어도 분명 환호성이 있었고, 그것은 나를 위한 것이었다. 나는 선수들과 주먹을 맞부딪치며 인사를 계속 주고받았다.

"멋진 슛이었어, 바네르지."

믿기지 않았다. 세스 휘턴이 내 이름을 알고 있다니!

선발전 경기가 끝나고 나는 주차장에서 시더와 스티브를 만났다.

"진짜 잘했어, 라지!" 시더가 말했다.

"그러게. 이렇게 잘할 줄 누가 알았겠어?" 스티브가 말했다.

"나 정말로 대표 팀에 뽑힐지도 몰라!"

"라지, 네가 기쁨을 만끽하고 싶은 건 알겠는데, 그만 집에 가는 게 좋을 것 같아. 강력한 폭풍이 몰려올 것 같거든." 시더가 말했다.

"무슨 소리야?" 내가 물었다. 맑은 하늘에는 구름 한 점 없었다.

"2분 전쯤에 저쪽에서 거대한 붉은 번개가 번쩍였거든." 스티브는 우리 집 쪽을 가리키고 있었다.

붉은 번개? 나는 가 봐야 했다!

4장

내가 '사고지연'에서 쫓겨나다니, 이제 뭘 어째야 할까? 끓어오르는 분노에 잠겨 있을까? 적들을 저주할까? 이 위스쿠즈를 배반한 것을 후회하게 해 줄 방법을 연구해 볼까?

모든 선택지가 끌리기는 했지만, 나는 전쟁광이자 전설적인 고양이 왕인 '미야옹디르 미틴즈'를 따르기로 했다. '서른일곱 번째 달의 전쟁'에서 패배를 맛본 그는 '고양이 전쟁 법전'을 버리고 침묵과 고독의 삶을 택했다.

위대한 고양이들이 일정 기간 은둔해 사는 것은 드문 일이 아니다. 완전한 고립 속에서 고양이들은 일종의 무아지경 상태에 빠져들고, 이때 위대한 진리를 깨닫게 된다.

나는 지하 벙커로 내려와 은둔하기에 완벽해 보이는 판지 상자 안으로 들어갔다. 그곳에서 마음을 가라앉히고 그 어느 때보다도 강도 높은 낮잠을 자기 시작했다. 내 콧수염이 떨려 왔다. 나는 이것이 더없는 기쁨에 접어드는 신호라고 믿었다.

하지만 아니었다. 뭔가 어수선했다.

희미하던 윙윙 소리가 상자 밖으로 나오자마자 점점 크게 들렸다. 정체불명의 작은 비행 물체가 놀라운 속도로 회전하며 나에게 날아오고 있었다. 정찰 드론인가? 아니면 적들이 보낸 무기? 나는 귀를 뒤로 눕히고 '웅크려 피하기' 자세를 취하며 납작 엎드렸다.

비행 물체는 지하 벙커 한가운데에 멈췄다. 그러나 계속해서 뱅뱅 돌며 공중에 떠 있었다. 그때 갑자기 눈이 멀 것 같은 빛이 번쩍이며 홀로그램이 지하 벙커를 채웠다.

"이봐, 착한 친구! 나야!"

그럴 리가 없었다.

그런데 그런 일이 일어났다.

우주 경비대 왈크스. 이 멍청한 잡종 개를 또 보다니. 오늘 하루는 영 별로인 듯했다.

"안녕, 이건 진짜 나는 아니고 홀로그램이야. 그런데 이거 꽤 괜찮네!" 바보 같은 침흘리개가 꼴사납고 둔한 곤봉 꼬리를 흔들기 시작했다.

"무슨 일로 온 거지? 이 불쾌한 방문은 뭐야?"

"그게, 난 그저 네가 '사고지연' 모임에 가나 해서 잠깐

들른 것뿐이야."

나는 콧수염을 곧게 폈다. "난 거기 안 갈 거야. 생각해 봤는데 '사악한 최고 지도자 연합회'가 내게는 그다지 사악하지 않다는 결론을 내렸거든."

"그거참 재밌네. 난 네가 그 단체에서 쫓겨났다고 들었거든." 건방진 잡종 개가 말했다,

쉿쉿!

"걱정하지 마, 친구, 내가 좋은 소식을 가져왔으니까! 내가 여기 온 진짜 이유는 너에게 '**선**량한 **동**물 **단**체' 그러니까 '선동단'의 가입을 권하기 위해서야. 아우우우우!" 왈크스는 흥분해서 침을 질질 흘렸다.

"뭐라고?"

"오, 클로드, 네가 무슨 생각 하는지 알아. 어째서 널 골랐을까 싶지? 사실 우리 단체는 한 번도 고양이를 받아 준 적이 없어. 하지만 너는 이제 개 행성에서 사랑받는 존재이고, '선동단'의 다른 동물들 역시 널 좋아할 거야! 네가 가진 순도 100퍼센트의 진실함과 제대로 사과할 줄 아는 진정성이 '선동단'에도 분명 좋은 영향을 줄 거라고 판단했어."

왈크스가 진심일 리 없었다. "나는 결코, 절대 그 멍청하고 지루한 단체에 가입하지 않을……."

"왈크스! 왈크스! 너 여기에 있니?"

아, 아주 멋지네.

소년 인간이 계단이 부서져라 뛰어 내려왔고, 왈크스는 기쁨에 겨워 꼴사납게 울부짖었다.

"라지! 라지! 네가 정말 많이 그리웠어!"

"나도 보고 싶었어!"

이 역겨운 애정 표현이 계속된다면, 나는 먹은 걸 전부 게워 내고 다시는 아무것도 먹지 않을 생각이었다. 확실한 건, 이 지하 벙커가 은둔하기에 적합한 장소는 아니란 점이었다.

5장

나는 왈크스를 다시 보게 돼서 정말 너무 기뻤다. 비록 공중을 떠다니는 '피젯 스피너' 같은 물체에서 나오는 홀로그램일지라도 말이다. 왈크스는 클로드에게 좋은 소식을 전해 주러 왔다고 했다.

"클로드에게 '선량한 동물 단체' 가입을 권유하려고!"

어딘가 맞지 않는 말 같았다. "어째서 클로드에게 '선량한' 동물 단체 가입을 권유하는 건데?" 내가 물었다.

"봤지? 이 어리석은 인간조차 이상한 걸 알잖아." 클로드가 말했다.

"그게, 클로드가 '사악한 최고 지도자 연합회'에서 쫓겨났거든." 이렇게 말한 왈크스는 클로드에게 돌아섰다.

"정말 끝내줄 거야! 너랑 나, 다시 한번 둘이 함께하면 엄청나게 재밌을 거라고."

이 시점에서 클로드는 거대한 헤어 볼을 토해 냈다.

"너희 대체 무슨 이야기를 하는 거야? '선량한 동물 단체'가 뭔데? '사악한 최고 지도자 연합회'는 또 뭐고?" 내가 물었다.

“나! 나! 내가 대답할래!” 왈크스가 한쪽 발을 들고 흔들며 나섰다.

클로드는 쉿쉿거리고는 그 자리를 떠났다.

“라지, 있잖아. 우주가 생긴 이래, 그러니까 ‘빅뱅’이 있기도 전인 아주 먼 옛날부터 우주 행성에 거주하는 모든 종은 동맹을 맺어 왔어. 우주를 더 사랑스럽고 평화로운 곳으로 만들고 싶어 하는 이들이 ‘선량한 동물 단체’를 만들었지. 그리고 그 반대를 원하는 이들은 파괴와 억압, 무엇보다 사악함을 추구하는 ‘사악한 최고 지도자 연합회’를 만들었고.”

“그러니까 고양이와 개의 대결 같은 거네?”

“아니, 우리 ‘선량한 동물 단체’에는 쥐나 다람쥐 같은 종도 속해 있어. 아, 털이 세상 보드라운 토끼들도 있지.”

“잠깐만, 네 말은 지구 동물이 우주에도 있다는 뜻이야?”

“오, 라지. ‘우주 동물이 지구에도 산다’는 말이야.”

“우아, 햄스터 같은 동물도 있어? 우주 햄스터가 있다는 거지? 분명 선량할 거야, 그렇지?”

"아니, 그들은 사악해."

"너구리는?"

"아주 사악하지."

"청설모는?"

"최고로 사악하고." 왈크스가 이빨을 드러냈다.

나는 선량해 보이는 동물들을 떠올려 보았다.

"그럼 판다는 어때?"

"아, 그래, 판다들은 아주 선량해. 사실상 판다들이 '선동단' 모임을 운영하고 있어. 아, 맞다. 난 가 봐야 해! 이번 모임이 끝나고 나눠 줄 답례품을 준비해야 하거든." 왈크스가 꼬리를 흔들며 말했다.

"저기, 잠시만! 오리너구리는 어떤지 말해 줘! 그리고…… 상어도! 또 공룡도! 공룡은 지구 밖에서도 멸종했어?"

"공룡은 멸종하지 않았어, 라지! 지구에 살지도 않았는걸. 공룡들은 그저 지구를 몇억 년 동안 자신들의 묘지로 썼을 뿐이야. 공룡들 뼈는 정말 최고인데." 왈크스가 아쉬워하는 표정을 지었다.

내가 영화에 나오는 '이워크'나 '이티'처럼 생긴 외계 생명체가 있는지 물어보려는데 왈크스가 내 말을 잘랐다.

"그건 다음에 얘기하자, 라지. 웬만하면 '공 물어 오기 놀이'라도 하면서!" 이 말을 끝으로 홀로그램 속 왈크스는 사라졌고, '피젯 스피너'처럼 생긴 비행 물체는 윙윙거리며 지하실 창문 밖으로 빠져나갔다.

6장

나더러 '선동단'에 가입하라고? 차라리 내 콧수염을 밀어 버리고 말지!

역겨운 마음으로 지하 벙커를 빠져나온 순간, 나는 한 가지 분명한 사실을 깨달았다. 이 요새 어디에도 내가 고독을 누릴 만한 곳이 없다는 점이다. 나는 소년 인간과 우주 잡종 개와 거리를 둘 수 있는 새로운 은신처가 필요했다. 다시 한번 '미야옹디르 미틴즈'를 떠올렸다. 그는 여든일곱 개의 달에서 가장 높은 나무 꼭대기에 올라 가장 이루기 어렵고 가장 숭고한 낮잠 상태에 이를 때까지 그곳에 머물겠다고 맹세했다.

바로 '가르릉바나'의 경지.

나는 마당에 우뚝 솟은 위풍당당한 떡갈나무에 오르며 수천 년 전 '미틴즈' 왕이 느꼈을 기분을 그대로 느꼈다. 나 역시 그처럼 '가르릉바나'에 이를 때까지 버틸 생각이었다.

나는 눈을 감았다. 내 털과 콧수염이 햇볕을 받아 따뜻

해졌다. 나는 바람과 함께 숨을 들이마시고 내쉬면서 고매한 낮잠에 빠지려고 애썼다.

"저기, 클로드! 클로드!"

한쪽 눈을 떴다. 짜증 나는 회전 장치가 내가 있는 나뭇가지 근처를 맴돌며 윙윙거렸다.

멍청한 잡종 개가 날 혼자 두지 않는 한 고독한 은둔자가 되기는 힘들었다.

"여기 있었구나, 친구! 저기, '선량한 동물 단체' 모임까지 이틀 정도 시간이 있어. 그러니까 마음이 바뀌면 나한테 연락해 줘! 여기에 이 홀로그램 통신기를 딱 두고 갈게."

"번거롭게 굳이 그럴 필요 없다! 내가 '선동단'에 합류하는 일 따윈 절대 없을 테니까!"

그런데 왈크스는 대답이 없었다. 잡종 개 통신기는 급강하해서 땅을 파고 있었다. 개들이 뼈를 땅에 파묻는 것처럼.

얼마나 역겨운지.

7장

"소방서에 전화할까? 어쩌다 그렇게 높은 데 올라간 거야?" 내가 클로드를 올려다보며 큰 소리로 외쳤다.

클로드는 지난 며칠간 그랬던 것처럼 나를 무시했다. 내가 학교 대표 농구 팀에 뽑혔다고 자랑을 늘어놓았는데도 비꼬지 않았다. 그저 은둔자가 되겠다고 말했을 뿐이었다.

"저기, 클로드, 다시 내려오기 힘들어서 난처한 거라면, 괜찮아. 가끔은 우리 모두 작은 도움이 필요하거든." 내가 클로드에게 소리쳤다.

"야, 라지! 너 오는 거야 뭐야?" 스티브가 외쳐 물었다. 스티브와 시더가 길가에서 나를 기다리고 있었다.

"좋아, 클로드. 학교 끝나고 보자. 그게 낫겠다." 내가 위에다 대고 소리쳤다.

클로드가 쉿쉿거려서 적어도 나는 클로드가 아직 살아 있다는 것을 알 수 있었다.

학교 수업은 괜찮았다. 역사 시간 전까지는. 맥쿼드 선생님은 목요일까지 조별 과제의 개요를 제출하라고 말했다. 다른 아이들은 이미 발표 준비를 하고 있었지만 뉴트와 나는 시작도 못 한 상태였다. 사실, 우리는 서로를 철저하게 피해 다녔다.

“뭐라도 해야 할 것 같은데.” 수업이 끝나고 내가 뉴트에게 말했다.

“좋아. 그 바보 같은 농구가 끝나면 도서관에서 만나자.” 뉴트가 눈을 굴리며 말했다.

나는 농구가 너무 재미있어서 체육관에 남아 슛 연습을 더 했다. 그러다 뉴트를 만나기로 한 약속이 떠올라 곧장 도서관으로 전력 질주 했다. 딱 5분 늦었을 뿐인데 뉴트는 어디에도 없었다.

뉴트가 나를 버리고 간 것 같았다. 나는 혼자서라도 과제를 시작해야겠다고 생각했다. 그래도 샤워는 하고 올걸. 사서 선생님도 나랑 같은 생각인 것 같았다. 사서 선생님이 학생들의 책 찾기를 도와줄 때마다 이렇게 킁킁대는 게 아니라면 말이다.

나폴레옹 책을 읽자마자 내가 곧바로 깨달은 사실은 나폴레옹이 내 고양이와 똑같다는 점이었다! 우선 나폴레옹이 왕좌에서 끌려 내려와 추방당한 게 딱 클로드 같았다.

그 뒤에 나폴레옹은 권력을 되찾았지만 다시금 쫓겨났다. 가장 놀라운 건 나폴레옹이 추방당한 섬이었다. '엘바'라는 섬. 그건 바로 내가 사는 곳의 이름이었다!

"그래서 넌 어디 있었던 거야? 너한테서 왜 걸어 다니는 겨드랑이 냄새가 나는데?" 옆에 선 뉴트가 허리춤에 손을 얹고 나를 내려다보며 말했다.

"농구 연습이 끝나자마자 바로 왔거든. 넌 어딨었는데?"

"나는 수업 끝나고 쭉 정문 쪽에 앉아 있었어. 초코바를 사느라 5초 동안 자리 비운 것만 빼고." 뉴트가 말했다.

나는 뉴트가 거짓말하고 있다고 확신했다.

"과제는 좀 했고?" 뉴트가 물었다.

"어, 꽤 많이. 너는?" 내가 뉴트에게 노트를 보여 주며 말했다.

"나는 나폴레옹이 남긴 말을 전부 인쇄했어."

설마 도서관에 두 시간이나 있었다면서 '나폴레옹 어록'만 찾아본 것일까?

"들어 봐. '친구를 대할 때는 언제나 먼 훗날 적이 될 수도 있음을 염두에 두어야 한다.' 그리고 '정복당하는 것을 두려워하는 이는 반드시 패배한다.'" 뉴트가 말했다.

"나폴레옹은 내가 아는 누구랑 똑같이 말하네." 내가 어록을 보면서 말했다.

"네가 세계 정복을 꿈꾸는 독재자를 알고 있다고? 네가?" 뉴트가 눈썹을 치켜올리며 물었다.

"아니, 아니. 물론 아니지." 내가 대답했다.

8장

사흘을 나무 꼭대기에서 보내며 나는 훌륭한 낮잠을 꽤 여러 번 잤지만, '가르릉바나'에 도달하지는 못했다. 소년 인간과 아빠 인간의 계속된 방해 때문이었다. 그리고 다른 인간들 역시 보잘것없는 영토를 관리한다면서 네발 수레를 타고 돌아다니며 온갖 소음을 만들어 냈다.

은하계 통신기의 윙윙거리는 소리 덕분에 더는 소음에 시달리지 않아도 되었다. 이번만큼은 플로피의 연락이 반가웠다.

"내게 전할 소식이 있느냐, 부하 녀석아?"

"오, 최고로 위대한 분이시여! 이 얘기를 믿지 못하실 겁니다. 그녀가 죽었습니다! 왕좌가 비었습니다." 플로피가 말했다.

나는 헉 소리를 지르며 놀랐다. 마침내! 삼색이 여왕이 사라졌구나!

"오, 경사스러운 날이로구나! 리티르복스의 분별 있는 고양이들이 그 형편없는 새끼 고양이를 갈기갈기 끝장낼

줄 알았다! 어디 말해 보아라, 군중들이 나의 귀환을 바라며 거리로 몰려나왔느냐?" 내가 들떠서 물었다.

"그게, 어, 제가 말씀드린 그녀는 삼색이 여왕이 아닙니다. 삼색이 여왕은 이전보다 인기가 더 많아졌습니다. 지지율이 98퍼센트인걸요. 주인님은 7퍼센트를 넘긴 적이 없는 것 같은데 말입니다. 맞죠?"

"그럼 네가 말한 그녀는 누구냐? 누가 죽었는데?" 내가 침을 탁 뱉었다.

"우주 황제 말입니다!"

나는 벼락을 맞은 것처럼 깜짝 놀랐다. 만물의 지도자가…… 죽었다고? 진짜?

이것은 훨씬 더 좋은 소식이었다!

"플로피! 우리는 지금 당장 선거를 준비해야 한다. 후보가 많이 나올 테고, 그들을 죄다 뭉개 버려야 하니까!" 내가 큰 소리로 외쳤다.

내가 평생을 기다려 온 순간이었다. 2천억 개의 은하를 모조리 차지할 기회!

"포유류가 황제에 오를 차례가 되긴 했죠. 하지만 작은 문제가 하나 있습니다, 오, 눈부신 사자이시여." 플로피가 말했다.

"그게 무얼지 상상하고 싶지도 않구나."

"주인님은 우주 황제 선거에 나갈 수 없습니다. '사고지연'에서 쫓겨나셨잖아요, 기억하시죠? 후보가 되려면 어느 단체나 협회의 회원이어야 합니다."

"내가 어디든 들어가면 될 일이다! 우주에는 바보 같은 단체나 협회가 수천 개는 되니까." 내가 말했다.

"하지만 가입하려면 초대를 받아야 하잖습니까. 현재로서는 주인님이 후보가 될 방법이 없습니다. '선동단'에 가입하지 않는 한은 말이죠."

나는 쉿쉿거렸다. "감히 그런 소릴 지껄이다니!"

"그렇지만 '선동단'에서 주인님께 회원이 되어 달라고 요

청했잖습니까." 바보 부하가 말했다.

"'선동단'의 요청이 우주에 알려질 바에는 차라리 내 발톱을 모조리 뽑아서 한심하기 짝이 없는 삼색이한테 목걸이를 만들어 주겠다."

"네, 제 생각이 짧았습니다. 어쨌거나 오, 최고로 능수능란한 분이시여, 나중에 연락 주시겠습니까? 제가 털 미용이 예약돼 있어서요. '사고지연' 정기 총회에서 최고의 털 상태를 보여 주고 싶거든요." 플로피가 말했다.

분통 터지는 바보 부하와의 통신을 끊고 내 기분은 착 가라앉았다. 견디기 힘든 기나긴 유배 생활 가운데 가장 최악이었다. 우주 황제가 되는 것은 내 평생의 꿈인데 '사고지연'이 그것을 앗아 갔다.

이제 내가 뭘 할 수 있을까? 가장 먼저 머릿속을 스친 생각은 아빠 인간이 캐트닙 쥐를 숨겨 둔 곳을 급습해서 괴로움을 잊자는 거였다.

하지만 나약하게 굴 때가 아니었다! 내 운명이 걸려 있었다. 나는 다음번 우주 황제가 될 것이다. 반드시 나여야만 한다! 방법을 찾아야 했다.

9장

도서관에서 집으로 돌아왔을 때 지하실에 클로드가 있어서 기뻤다. 클로드가 나무에서 내려오다가 목이 부러지지 않아서이기도 했지만, 하고 싶은 말이 있어서였다.

"정말 대박이야, 클로드. 너, 나폴레옹이랑 완전 똑같아!" 내가 말했다.

나는 클로드가 정강이를 할퀴기 전에 잽싸게 물러서야 했다.

"이 몸의 운명이 걸린 아주 중요한 순간에 그런 허튼소리나 지껄이려고 날 방해하는 거야? 감히 그 작달막한 인간이랑 나를 비교해?" 클로드가 말했다.

"음, 미안. 그런데 지금 뭐가 그렇게 중요한데?"

"신경 끄고 하던 말이나 하고 끝내." 클로드가 낮게 으르렁거렸다.

"너랑 나폴레옹이랑 말하는 게 똑같아. 나폴레옹이 뭐라고 했는지 들어 봐. '영광은 덧없지만 명예는 영원하다.'" 내가 말했다.

"그건 사실이지." 클로드가 마지못해 대꾸했다.

"이건 어때? '죽음은 아무것도 아니다. 그러나 패배자로서 영광 없이 사는 것은 매일 죽는 것이나 다름없다.'"

"뭐, 당연한 얘기고."

"아, 그리고 이것도. '친구를 대할 때는 언제나 먼 훗날 적이 될 수도 있음을 염두에 두어야 한다.'"

"이 인간이 따다 썼네! 아무래도 고대 고양이들의 지혜를 접한 것 같아. 나폴레옹이란 인간에 대해 더 말해 봐. 사실 그자는, 고양이였나?" 클로드가 물었다.

"아니, 나폴레옹은 '프랑스 혁명' 시기 장군이었어." 나는 프랑스 혁명이 미국의 혁명과 비슷하지만 훨씬 더 폭력적이었다고 설명했다. 특히나 왕실 사람들에게는 더 그랬다고.

"그들은 왕의 머리를 잘랐어. 왕비도."

"그거참 좋네."

그 뒤로 많은 일들이 미친 듯이 터졌다고 클로드에게 말해 주었다. 단두대에서 왕이 목숨을 잃고 나서 '공포 정치' 시대가 시작됐으니까. 새 정부에 동의하지 않는 사람은 누구든 목이 잘렸다.

"확실히 마음에 드는 이야기네! 왜 이제야 말해 주는데?"

"그게, 프랑스 혁명의 본질이 폭력은 아니었거든. 사실 혁명론자가 혁명을 통해 이루려던 건 민주주의와 교육의 기회였지. 귀족과 평민의 평등 같은 것도."

"그건 지루하네. 그게 나폴레옹과 무슨 상관인데?" 클로드가 말했다.

"유럽의 통치자들은 하나같이 혁명을 아주 싫어했어. 그래서 혁명 세력을 무너뜨리고 프랑스에 다시 왕을 세우기 위해 전쟁을 벌였어. 그때 프랑스에는 훌륭한 장군인 나폴레옹이 있었고, 정말 뛰어난 전략가였던 나폴레옹은 수많은 전투에서 승리한 뒤 프랑스의 지도자가 되었지."

"그런데 나폴레옹이 적들을 무찌른 다음에는 자기 국민을 짓밟았다? 그거참 훌륭한 전략이네."

"바로 그런 일이 일어난 건 아니야. 처음에 나폴레옹은 투표로 황제가 되었거든. 그리고 다른 나라를 정복할 때마다 이렇게 말했어. 혁명의 이상과 선함을 널리 알리기 위해서라고."

"굳이 왜 그런 소리를 했지?"

"사람들의 지지를 얻기 위해서였지. 하지만 나폴레옹은 그저 그들이 듣고 싶어 하는 말을 했을 뿐이야. 권력을 잡자마자 민주주의 같은 선한 것들을 전부 없애 버리고 폭군이 되었지. 최악의 폭군."

클로드가 콧수염을 괴상하게 씰룩거렸다. 가끔 저랬다.

“자, 그럼 내가 정확하게 이해했는지 확인해 볼까. 나폴레옹은 단지 선량한 척했을 뿐이고, 다른 선량한 사람들의 도움으로 황제가 된 뒤에는 등을 돌렸다는 거지?”

“그래, 대충 맞아.”

클로드가 가르릉거리기 시작했다. 정말로 크게.

나는 클로드가 이렇게나 역사를 좋아하는지 몰랐다.

10장

초신성에 맞은 기분이었다! 소년 인간이 말한 나폴레옹은 천재였다. 하찮은 인간이라는 점에서 반감이 들긴 했지만, 그의 전술은 흠잡을 데가 없었다.

나는 플로피에게 연락해 내가 알게 된 것을 설명했다.

"그러니까 주인님 말씀은 그 인간이 선량한 척 연기를 해서 황제가 됐다는 겁니까?" 플로피가 물었다.

"그렇지!"

"그런데…… 그게 우리랑 무슨 상관이죠?"

"상관있지, 이 바보 녀석아. 왜냐하면 내가 '선동단'의 회원이 되기로 마음먹었으니까. 나는 그들의 선량한 방식을 따르는 척할 거고, 잘 속아 넘어가는 머저리들은 나를 즉시 우주 황제 후보로 지명할 테니까!"

"우아, 정말 끝내주는 계획 같은데요. 오, 최고로 영리한 분이시여." 플로피가 말했다.

"그런데 '사고지연'은 누굴 후보로 내세우려나? '아코니우스'? 아니, 아니지, 그자는 추종자일 뿐. 지도자감은 아니야. 아마도 상어들의 지배자 '조크'이려나? 아니지, 하나같이 조크를 너무 두려워하니까. '사고지연' 회원들이 누구를 후보로 내세우든 즉시 내게 보고해야 한다."

"문제없습니다요, 나의 영웅이시여!"

부하에게 명령을 내리고 나는 다음 임무에 착수했다. 불쾌하지만, 이것이 유일한 방법이었다.

나는 마당으로 나가서 떡갈나무 밑을 파기 시작했다. 발톱 사이로 파고드는 흙의 축축한 촉감이 역겨웠다. 개들은 이걸 어떻게 참는 거지?

얼마 지나지 않아 나는 찾던 것을 발견했다. 내가 통신기의 중앙 버튼을 누르자 홀로그램이 나타났다.

"왈크스, 네 제안을 다시 생각해 보았다." 나는 엄숙하게 말했다.

11장

수요일, 나는 뉴트네 집에서 조별 과제의 개요를 작성하기로 했다. 하지만 뉴트의 어린 두 동생이 뛰어다니는 통에 집중하기가 어려웠다. 뉴트는 동생들을 돌봐야 했다.

“아무래도 ‘서사’를 구성해야 할 것 같아.” 내가 말했다.

“이 형이 ‘설사’라고 했어!” 와이엇이 말했다.

“서얼싸! 서얼싸!” 타즈가 외쳤다.

“조용히 해, 이 멍텅구리들아.” 뉴트가 말했다.

“그런 다음 슬라이드 쇼로 보여 주면 어때. 나폴레옹 사진이랑 일생 이야기 같은 걸 같이 넣어서 말이야.” 내가 의견을 냈다.

“그래, 그거 괜찮은 생각이네. 내가 먹을 걸 사 올 동안 네가 개요를 쓰고 있을래? 너 피자 좋아해?” 뉴트가 말했다.

배에서 꼬르륵 소리가 났다. 오늘 학교 급식으로 구운 케일 요리가 나왔는데 손도 대지 않아 농구 연습 전부터 배가 너무 고팠다.

"어, 그럼. 나 피자 정말 좋아해." 내가 말했다.

"좋아, 잘됐네. 금방 갔다 올게."

그러고 나서 뉴트는 문밖으로 나갔고, 스케이트보드 바퀴가 보도 위를 달리는 소리가 들렸다.

거의 한 시간이 지나서야 뉴트가 또 나를 속였다는 사실을 깨달았다. 뉴트는 돌아오지 않았다. 금방 갔다 오기는커녕 피자 구경도 할 수 없겠지. 뉴트는 나 혼자 개요를 쓰게 했고, 게다가 자기 동생들까지 돌보게 했다.

그런데 이건 무슨 냄새지?

누군가 내 어깨를 두드렸다. "타즈를 바꿀 시간이야."

"뭐라고?"

와이엇이 타즈를 가리켰다.

"그게 무슨 말이야?"

"재 기저귀." 와이엇이 말했다.

"기저귀!" 타즈가 되풀이했다.

냄새로 바로 설명이 되었다. 나는 재빨리 휴대폰을 꺼내서 뉴트에게 문자 메시지를 보냈다.

지금 당장 집으로 와!!!

그러고는 전화를 열 번이나 걸었다. 하지만 뉴트는 전화를 받지 않았다.

나는 숨을 참고 타즈의 기저귀를 갈았다. 달리 뭘 어쩔 수 있을까? 세상에서 제일 나쁜 누나를 둔 게 타즈의 잘못은 아니었다.

오후 5시 30분. 뉴트의 엄마가 돌아와서야 나는 뉴트네 집을 나왔다. 집에 가는 길에 휴대폰이 울렸다. 나는 뉴트가 구차한 변명이라도 보낸 줄 알았다.

그런데 아빠가 보낸 문자 메시지였다.

아무리 찾아도 클로드가 없어!

12장

'선동단' 모임은 판다 행성인 '뱀부키'에서 열리지만, 왈크스는 먼저 '개 성단'으로 순간 이동 하라고 고집을 부렸다. 그리하여 나는 웜홀을 통과해 '리트리버' 행성에 도착했다. 이곳은 내가 발 디뎠던 행성 가운데 가장 냄새나는 곳이었다. 젖은 개털 냄새가 진동했다.

아니, 어쩌면 내가 왈크스의 소굴에 들어왔기 때문일지도 몰랐다.

"내가 왜 여기 있어야 하는지 다시 한번 설명해 봐." 내가 말했다.

"너도 이제 '우리'의 일원이야, 클로드! 그리고 개들은 항상 무리 지어 여행하는데, 혼자보다 함께하는 것이 훨씬 더 재미있기 때문이지!" 견디기 힘든 잡종 개가 대답했다.

나는 이를 악물었다.

"좋아. 그러면 다음으로, 옷을 입자!" 왈크스가 말했다.

"뭘 입자고?"

"'선동단' 회원은 발가벗고 돌아다니지 않아! 우리는 시간, 장소, 상황에 맞게 옷을 입거든."

"옷을 입으라고? 인간들이나 몸에 걸치는 그 볼썽사나운 덮개를?"

"걱정하지 마. 널 위해 정말 특별한 걸 준비해 뒀거든. 그런데 그 전에 먼저, 내 옷 칼라 색깔부터 골라 줄래? 내 눈과 어울리는 갈색? 아니면 대조적인 빨간색?"

저 눈을 할퀴어 버릴까 생각하는데 갑자기 개들이 떼로 울부짖는 소리가 들렸다. 고양이의 영혼을 두려움으로 물들이는 소리였다.

"무슨 일이지?" 내가 물었다.

"우리 '행평단'의 다른 경비대들이 온 것뿐이야. 안으로 들어오세요, 친구들! 안녕하십니까, 머피 동지! 안녕하세요, 파이도 동지!"

잡종 개 열둘이 왈크스의 소굴로 들어서자 내 등줄기를 따라 털이 곤두섰다. 개들은 왜 이렇게 헐떡거릴까? 그리고 왜 이렇게 내 엉덩이로 다가오는 거야?

킁킁, 킁킁, 킁킁! 킁킁, 킁킁, 킁킁!

"그만들 해!" 내가 으르렁거렸다.

"미안해, 친구. 다들 정직하고 진실한 고양이의 냄새가 어떤지 너무 궁금해서 그러는 거야!" 왈크스가 말했다.

나는 구석으로 물러섰지만, 보라색 조끼와 그에 맞춘 부츠를 신은 개가 다가오더니 킁킁대는 것보다 더 말도 안 되는 짓을 했다. 내 얼굴을 핥은 것이다.

"여든일곱 개의 달을 걸고 솔직히 답해라. 왜 이런 짓을 했지?"

"이건 우리가 인사하는 방식이야. 고양이들은 어떻게 인사하지?" 그 개가 물었다.

"우린 인사 안 해."

무슨 이유에서인지 개들이 전부 꼬리를 흔들었다. 그보다 더 불안한 건, 그들이 자기 몸을 긁기 시작했다는 점이었다. 벼룩이라도 있나? 나한테 옮기면 어쩌지? 나는 걷잡을 수 없이 가려운 느낌이 들기 시작했다.

"클로드 너, '푸키'의 조끼와 부츠에 감탄한 것 같은데?" 왈크스가 말했다.

"절대 그렇지 않아."

"아유, 이거 왜 이래, 마음에 들잖아. 부츠를 만들 시간은 없었지만 널 위해 이 스웨터는 떠 놓았어. 내 옷과도 잘 어울리지!"

왈크스는 이제껏 본 중에 가장 흉한 물건을 이빨로 들어 올렸다. 참고로 난 지구에 있으면서 흉한 걸 볼 만큼 봐왔다.

나는 우주 황제가 되는 일이 이 멍청한 침흘리개와 0.001초라도 같이 있을 만큼 가치 있는 일인지 다시 생각해 보았다.

13장

내가 집에 도착했을 때까지도 아빠는 완전히 공황 상태에 빠져 있었다. "클로드를 계속 불렀는데, 코빼기도 못 봤어!"

"그게 뭐, 그렇게 드문 일은 아니잖아요." 내가 말했다.

"나한테 파니르 치즈가 있다고 소리쳤는데도? 클로드가 그 말은 확실히 알아듣는 거 너도 알잖니."

"다른 말도 그렇죠." 내가 중얼거렸다.

"내 말이! 가끔은 클로드가 우리 말을 다 알아듣는 것 같다니까."

"클로드가 자주 올라가는 나무는 살펴보셨어요? 완전 키 큰 나무 있잖아요." 내가 물었다.

"봤지! 우리 집 주변도 다 돌아다니면서 클로드를 찾아봤다고."

이건 좀 놀라운 일이었다. 그러니까 내 말은, 클로드가 종종 안 들리는 것처럼 굴기는 해도 유제품 얘기에 반응이 없을 리는 없다는 거다. 나는 클로드의 실종이 클로드가 말했던 은둔자 되기와 관련이 있는 게 아닌가 싶었다.

"저기, 아빠, 고양이들이 어떤지 아시잖아요. 가끔 그냥 혼자 있고 싶어서 사라지기도 해요. 아주 좁은 데로 기어 들어갔을 수도 있고요. 그러니까 클로드가 집 안에 있는 데도 우리가 전혀 모를 수 있단 거죠."

"네 말이 맞을지도 모르겠구나." 아빠가 말했다. 그렇지만 확신이 없는 목소리였다.

"그런데 파니르 치즈가 어디서 나셨어요?"

"할머니가 택배로 음식을 챙겨 보내셨더구나. 라지, 아빠 생각에는 우리가 이 동네를 한 번 더 살펴보는 게 좋을 것 같은데."

"그런데, 어, 음식을 먼저 좀 데워 먹으면 안 될까요?" 내가 택배 상자를 열면서 말했다. 오늘 나는 아무것도 먹지 못했고, 상자 안에는 할머니가 손수 만든 망고 피클을 비롯해 맛있는 음식이 잔뜩 들어 있었다. 게다가 할머니표 '삼바르'를 넣은 스튜까지!

아빠는 충격받은 얼굴로 나를 빤히 쳐다보았다. "어쩜 넌 이런 상황에 먹을 생각을 할 수가 있니?"

하지만 전자레인지가 돌아가기 시작하고 할머니가 보

내 준 '달' 냄새가 부엌을 채우자 아빠의 표정이 돌변했다.

"그래, 라지, 음식을 먹는 게 도움이 될지 몰라. 먹고 기운을 내야 밖에 나가서 클로드를 찾을 수 있지."

아빠와 음식을 먹으려고 자리에 앉았을 때, 클로드가 왈크스와 함께 '선량한 동물 단체'에 갔을지도 모른다는 생각이 스쳤다.

하지만 다시 생각해 보니, 그건 너무 말도 안 되는 일이었다.

14장

'뱀부키' 행성은 습했고, 장대처럼 키 큰 나무로 뒤덮여 있었고, 견딜 수 없을 만큼 더웠다. 왈크스가 억지로 입게 한 끔찍한 스웨터 때문에 나는 더더욱 더웠다.

"다 왔어, 여기가 회의장이야. '선동단' 모임에 온 걸 환영해, 우리 친구, 클로드!" 왈크스가 코로 문을 밀며 말했다.

아주 큰 방에는 상냥한 토끼들, 잔털이 곱슬한 코알라들, 친절한 다람쥐들 그리고 뚱뚱하고 명랑한 판다 운영진으로 우글우글했다.

역겨웠다.

'개 성단'에서도 내가 그곳과 어울리지 않는다는 위화감을 느꼈는데, 여기는 훨씬 더 심했다. 그나마 개들은 나처럼 치명적인 힘을 써 볼 수도 있는 포식자였다. 하지만 이 바보같이 선량한 이들은 갑자기 온 나를 상냥하게 맞으며 환영하기에 바빴다.

내 계획이 성공하려면 이 얼간이들을 설득해서 내 편으로 끌어들일 필요가 있었다. 하지만 너무 배가 고파서 그

들의 잡담에 끼어들어 연기할 기력이 없었다. 나는 뷔페로 향했다. 맛있는 참새고기 미트볼, 아니면 각종 고기를 꽂은 꼬치구이라도 있기를 바랐다. 그렇지만 섬유질이 풍부한 풀 말고는 아무것도 없었다.

나는 내 앞의 판다에게 물었다. "실례합니다만, 음식은 어디에 있나요?"

“음식이 어디 있냐니요? 당신 눈앞에 있잖아요, 친구! 이 죽순은 온 은하계를 통틀어 가장 부드러울 거예요!” 흑백의 어릿광대가 나를 바보 취급하며 말했다.

판다는 대나무 줄기를 씹기 시작했다.

나도 똑같이 해 보았다. 막대기 맛이 났다.

“여러분, 모일 시간이에요! 이제 여러분 왼쪽에 있는 분과 인사를 나누세요. 그런 다음 오른쪽에 있는 분과도 인사를 나누시고요. 기억하세요, 우리가 각기 다른 종이기는 해도 여기서는 모두 다 같다는 것을요!" 사회를 보는 판다가 말했다.

이 터무니없는 소리를 이해해 보려고 애쓰는데, 왼쪽에 있는 두더지가 "안녕, 친구! 스웨터 멋지네!"라고 인사했다. 오른쪽에서는 털이 보송보송한 토끼가 "안녕, 귀여운 고양이야!" 하고 말했다. 그러더니 내 코에 자기 코를 비비려고 했다.

"아, 그러지는 말자고." 내가 말했다.

사회자 판다가 말했다. "오늘 이곳에서 각자 이루고 싶은 목표를 세워 보죠. 그리고 고향 행성을 떠나 변화를 만들려고 노력하는 여러분 자신을 고마워하면 좋겠습니다."

나는 스스로에게 이렇게 말했다. "내 목표는 우주를 지배하는 것이다. 고맙다, 나 자신."

다음으로 우리는 둥글게 둘러앉아 호흡 연습을 했고, 그 뒤에 '선함과 의리의 맹세'를 암송해야 했다. 내가 이곳에 온 목적을 이루지 못할지도 모른다는 생각이 들 때쯤, 마침내 사회자 판다가 우주 황제 후보를 뽑을 시간임을 알렸다.

"자, 첫 번째로 후보를 추천하고 싶은 분 있나요?" 사회자 판다가 물었다.

쥐가 가장 먼저 입을 열었다. "저는 토끼가 황제를 할 때가 되었다고 생각합니다!"

"오, 아니에요. 우리는 그 자리에 맞지 않아요!" 토끼들이 작은 목소리로 말했다.

토끼들은 판다를 후보로 제안했지만, 판다들 역시 난색을 보였다. 모든 종이 서로 다른 종이 황제가 되어야 한다고 주장했고, 이 일은 영원토록 끝나지 않을 것 같았다. 누구도 황제가 되기를 원하지 않았다. 아니면 그냥 거짓말인가? 당연히 거짓말이라는 게 말이 되는 설명이었지만, 이들에게서는 진정성이 뚝뚝 떨어졌다.

"개 친구들이 추천하면 어떨까요? 개들은 매우 현명하잖아요. 누구를 후보로 세워야 할지 알고 있을 겁니다." 한 기린이 입을 열었다.

"우리는 조금도 현명하지 않습니다! 그렇지만 여러분, 여기, 현명하고 진실한 우리의 새로운 고양이 친구가 있습니다. 모두 클로드를 만나 보셨나요?" 왈크스가 말했다.

모두가 일제히 나를 돌아보며 인사를 건넸다. “안녕, 클로드 친구!”

쥐와 먼지 뭉치를 섞어 놓은 것처럼 생긴 낯선 생명체가 작은 눈을 반짝이며 물었다. “클로드 친구는 누가 후보가 돼야 한다고 생각해요?”

드디어 내가 기다려 온 순간이었다. 나는 당당히 우뚝 서서 우주에 존재하는 수많은 선량한 종에게 말했다.

“겸허히 말씀드립니다. 우주 황제에 어울리는 유일한 후보는 바로…… 저, 클로드입니다!”

15장

클로드를 본 지 24시간이 넘었다. 클로드는 이렇게 오래도록 사라진 적이 없었고, 내가 학교에 갈 때쯤에는 엄마조차 걱정하기 시작했다.

그날 오후, 나는 농구 연습을 빼먹고 클로드를 찾기로 했다. 시더와 스티브도 함께 우리 집으로 갔다. 아빠는 직접 만든 실종 고양이 전단지를 한 무더기 들고 현관문 앞에 서 있었다.

"지난주에 클로드가 내 코를 물고 난 직후에 이 사진을 찍었단다. 고 작은 녀석이 너무 보고 싶구나." 아빠 눈에는 눈물이 맺혀 있었다.

그사이 엄마가 엘바 지역 지도를 내게 건네주었다. 엄마는 전단지를 붙였으면 하는 모든 상점과 교차로에 빨간색 X 자로 크게 표시를 해 놓았다.

"너희는 우리 동네랑 북쪽에 전단지를 붙이고, 나는 남쪽을 맡을게. 저기, 크리슈, 클로드가 돌아올 경우를 대비해서 당신은 집에 있어야 할 것 같은데." 엄마가 아빠를 쳐다보며 말했다.

아빠가 코를 훌쩍이며 고개를 끄덕였다.

시더와 스티브 그리고 나는 눈에 보이는 전봇대와 나무에 전단지를 붙였다. 그래도 뭔가를 하고 있다는 사실만으로도 기분이 조금 나아졌다.

"어? 라지 오빠, 안녕! 어떻게 지내?" 린디였다. 와플스를 산책시키고 있었다.

린디는 내가 방금 붙인 전단지를 읽다가 눈이 휘둥그레졌다. "클로드 못 찾았어?"

내가 고개를 끄덕였다. "너희 집 마당에서 본 적 없지?"

"응, 며칠이나 못 봤어. 채드가 클로드를 보고 싶어 하는데. 클로드가 괜찮아야 할 텐데. 워커네 고양이 얘기 들었어? 지난주에 코요테들한테 당했대." 린디가 말했다.

"세상에. 그 집 고양이는 괜찮대?" 스티브가 물었다.

"응! 세 다리로 걷는 법을 배우는 중이래. 그리고 한쪽 눈만 있어도 괜찮은 모양이야." 린디가 말했다.

뱃속이 배배 꼬이는 느낌이었다. 아무리 클로드라도 코요테의 공격에 살아남을 수 있을까?

우리는 세 시간을 더 돌아다니며 엘바 전역에 전단지를 붙였다. 나는 클로드가 돌아왔다는 아빠의 문자 메시지를 기다리며 계속해서 휴대폰을 확인했다.

시더와 스티브는 집으로 돌아가기로 했다. 시더는 가면서도 "클로드를 찾으면 연락해." 하고 말했다.

내가 집에 돌아왔을 때 아빠는 소파에 누워 천장을 올

려보고 있었다.

"서른여섯 시간 넘게 새로운 상처가 나지 않다니. 뭔가 잘못됐어." 아빠가 말했다.

엄마가 나를 감싸안았다. "라지, 정말 안됐구나. 괜찮니?"

"이렇게 물어보셔야죠. '클로드가 괜찮을까?'라고요."

엄마가 내 볼에 뽀뽀해 주며 말했다. "나도 그러길 바란단다."

16장

내 활약은 굉장했다. 내가 나를 후보로 추천하자 회의장에 있는 모두가 경외심에 압도당한 듯 조용해졌다. 적어도 내가 보기에는 그런 것 같았다. 이 온순한 털 뭉치들이 무슨 생각을 하는지 누가 알겠는가? 왈크스의 생각조차 알기 어려웠다. 왈크스는 내 말에 찬성한다는 뜻으로 저렇게 꼬리를 흔들고 있는 것일까?

마침내 토실토실한 마멋이 입을 열었다. "클로드가 후보가 될 수 있나요? 여기 '선동단'에서는 그 어떤 일에도 절대 자기 자신을 추천하지 않잖아요."

"보통 다른 이를 추천하죠. 보다 품위 있는 행동이니까요." 분홍색의 작은 눈을 가진 토끼가 지적했다.

"지당하신 말씀입니다. 그게 '선동단'이 정말 멋진 또 다른 이유니까요. 그렇지만 제가 왜 황제 후보가 되어야 하는지 설명할 기회를 주시겠습니까." 내가 말했다.

'선동단' 회원들은 타고난 청중이었다. 입을 다물라고 위협하지 않아도 된다는 점이 신선했다. '사고지연' 모임에서는 으레 그래야 했는데.

나는 먼저 수년간 행성을 통치했던 경험을 강조했다. "리티르복스의 최고 지도자로서 저는…… 음, 자세한 내용은 넘어가겠습니다만 정말 많은 위대한 일들을 했습니다. 그리고 우주 황제로서 더 많은 위대한 일들을 할 것입니다!"

"우주 전역에 평화와 화합을 널리 퍼뜨리는 일 같은?" 토끼가 큰 소리로 말했다.

"맞습니다, 바로 그런 일 말입니다." 많은 동물이 고개를 끄덕였다. 저들이 날 믿고 있을까?

"황제로서 저는, 친절과 평등의 옹호자가 될 것입니다. 그 생명체가 어디에 살든, 무엇이든 말입니다." 나는 당장이라도 헤어 볼을 토할 지경이었다. '선동단'이라는 이름답게 다들 어찌나 선량하게 얘기를 듣고 있는지. 나는 계속해서 말을 이었다.

"저는 존중, 정직 그리고 진심 어린 사과를 중하게 여기는 후보가 될 것입니다. 저는 우리가 함께함으로써 보다 완벽한 우주를 만들어 나갈 수 있다고 믿습니다!"

마침 그때 한 입 거리, 아니 쥐가 앞발을 들고 의견을 말했다.

“선의와 친절을 널리 퍼뜨리겠다는 말이 진심으로 들리긴 하네요. 하지만 ‘위스쿠즈’라는 이름은 여전히 수많은 쥐 위성에 두려움을 주고 있습니다.” 쥐가 찍찍댔다.

나는 가르릉대지 말자고 다짐하며 말했다. “그렇지만 저는 더 이상 위스쿠즈가 아닙니다. 이제 저는 ‘클로드’입니다. 원시적인 인간들과 부대끼며 지낸 경험이 저를 변화시켰습니다. 그 증거로 ‘사악한 최고 지도자 연합회’에서 저를 쫓아내며 한 말을 들려드리겠습니다.”

나는 괴로운 심정으로 ‘사고지연’ 회원들이 나에게 퍼부은 근거 없는 혐의들을 큰 소리로 읽었다. 개와 인간 들과 함께 어울려 놀았다는 부분이 포함돼 있었다.

“전부 사실입니다. 클로드의 사악한 친구들 모두가 이젠 클로드를 패배자라고 생각합니다.” 왈크스가 말했다.

“그런데 만약 이것이 속임수라면요?” 쥐는 확신이 들지 않는 듯했다.

“어떻게 속임수일 수가 있죠? 클로드는 ‘선함과 의리의 맹세’를 했는데요!” 토끼가 말했다.

생각에 잠긴 쥐가 콧수염을 씰룩거렸다. “하긴 맹세를

어기진 않겠네요."

"저는 쥐 친구가 왜 제 식욕을 돋우는지, 아니 왜 저를 반대하는지 이해합니다. 어쨌든 저는 사악한 최고 지도자였으니까요. 하지만 이런 과거 경험이 제가 진실과 사랑을 보다 널리 퍼뜨리는 데에 도움이 될 겁니다. 왜냐하면 저는 사악한 최고 지도자가 어떻게 생각하는지를 잘 알기 때문입니다. 저만이 '사고지연'의 후보를 이길 수 있습니다. 그러고 나면 저는 최고 지도자들과 '함께' 일할 수 있을 테고, 그렇게 우리 모두 힘을 합쳐 우주 전역에 지속적인 변화를 가져올 수 있습니다! 선량한 동물 여러분, 저와 함께해 주시겠습니까?" 나는 위풍당당하게 꼬리를 치켜올렸다.

귀가 먹먹해질 정도로 모두가 한목소리로 외쳐 댔다.

"클로드를 우주 황제로!"

"만세! 만세!"

"클로드, 만세!"

나를 지지하는 군중들의 포효는 리티르복스의 최고 지도자 시절, 내게서 등을 돌리기 전의 고양이 무리를 떠오르게 했다. 나는 그저 마음이 약한 바보들의 지도자일 뿐이지만, 다시금 지도자이기는 했다.

오늘은 '선동단'의 지도자, 내일은 '우주'의 지도자!

17장

그날 밤, 집은 무척이나 조용했다. 나는 이를 닦으면서 클로드가 어디에 있을까 생각했다. 그때 갑자기 주위가 초록색 섬광으로 환해졌다. 나는 곧장 창문으로 달려갔다. 혹시…….

"크리슈, 전기 기술자가 다 고쳤다고 하지 않았어?" 엄마가 말했다.

그때 우리는 익숙한 소리를 들었다. 주머니쥐 같은 동물이 전기에 감전된 듯 울부짖는 소리를.

"클로드! 돌아왔구나!" 아빠가 계단을 구르다시피 내려가면서 소리쳤다.

현관문을 홱 열어젖힌 아빠는 클로드를 잽싸게 들어 올렸고, 클로드는 아빠가 왜 이러는지 모르는 것 같았다. "오, 야옹이야, 우리는 네가 너무 보고 싶었단다."

클로드가 아빠의 뺨을 할퀴고는 팔 밖으로 빠져나와 부엌으로 뛰어들었다.

"분명 배가 고픈 거야. 신나게 돌아다니고 왔으니." 엄마는 이렇게 말하며 할머니표 요구르트 밥을 덜어서 클로드 앞에 내려놓았다.

클로드는 하나도 남기지 않고 게걸스레 먹어 치웠다. 입을 한껏 크게 벌리고 씹지도 않았다.

"요 녀석, 어디 갔다 온 거니? 무슨 모험을 한 거야? 난 상상도 안 가네." 아빠가 말했다.

아빠는 그런지 몰라도 나는 상상할 수 있었다. 그리고 화가 났다.

하지만 클로드에게 따지려면 클로드가 음식 세 그릇을 다 비울 때까지 기다려야 했다. 나는 클로드를 따라 위층 내 방으로 올라갔다. 엄마 아빠가 내가 누구에게 소리치는지 묻는 일이 없도록 방문을 꼭 닫았다.

"너, 지구 밖에 있었지? 섬광을 봤어!" 내가 말했다.

"인간, 만물을 지배할 미래의 지도자에게 그 무슨 무례한 말투인가."

"그게 무슨 말이야? 잠깐, 대답하지 마. 난 너한테 정말 화났어. 어떻게 말 한마디 없이 이틀 동안이나 사라질 수가 있어? 쪽지조차 남기지 않았잖아! 널 찾겠다고 오늘 농구 연습도 빼먹었다고." 내가 말했다.

"그럼 나한테 고마워해야 하는 거 아냐?"

"아니, 농구 연습은 나한테 중요한 일이거든. 그리고 얼마나 많은 사람이 널 찾아다녔는지 알아? 우리가 얼마나 많은 전단지를 붙였는지 아냐고! 엘바 전체를 네 얼굴로 도배해 놨어."

"마땅히 내 얼굴이 이 황량한 행성 구석구석에 걸려야지. 내가 리티르복스의 최고 지도자였을 때는 법적으로 모든 공공장소에 내 초상화를 걸게 했지." 클로드가 말했다.

"네가 지구의 최고 지도자는 아니잖아. 그리고 그렇게 그냥 사라지면 안 된다고!"

"나는 네게 답할 의무가 없어. 며칠 뒤면 너를 비롯해 우주에 사는 모든 생명체가 내 앞에 머리를 조아리게 될 테니까!"

"클로드, 그게 무슨……."

"그 입 다물어. 난 낮잠을 자야겠어."

"대체 어디 갔다 온 거야? 왈크스랑 같이 있었어? '선량한 동물 단체'에 다녀온 거야?"

클로드는 대답을 거부했다.

클로드가 무엇을 숨기고 있는지 궁금했다. 그리고 자기 앞에 모두가 머리를 조아리게 된다는 건 무슨 말일까? 클로드는 늘 행성 정복을 이야기해 왔지만, 우주를 지배한다고 말한 적은 없었다. 내 고양이가 결국은 정신이 이상해진 걸까?

아니면 이런 말도 안 되는 걱정을 하는 내가 이상한 걸까? 사실 클로드는 자기가 세운 놀라운 계획을 자랑하기 좋아했지만, 제대로 성공한 적은 없었다.

18장

내가 소년 인간에게 인정하는 일은 절대 없겠지만, 지구로 돌아오는 일이 완전히 괴롭지만은 않았다. 할머니 인간이 보내온 파니르 치즈와 다른 맛있는 음식들이 가장 큰 이유였다. 게다가 내가 없는 동안 인간들이 슬픔에 빠져 거의 죽을 뻔했다는 사실이 날 흐뭇하게 했다.

식사를 마친 나는 소년 인간의 침대에서 낮잠을 자려고 위층으로 올라갔다. 그러나 쉬는 것은 불가능했다. 소년 인간은 내가 말도 없이 사라진 일로 화를 내며 불평하기 시작했다.

나는 '내 인간'이 화낼 줄도 안다는 사실에 기뻤다. 비록 그 화풀이 대상이 나였지만, 어쩌면 소년 인간에게는 아직 희망이 있을지도 모른다. 그럼에도 하등 생물에게 야단맞는 것을 더는 참을 수 없었고, 듣고 싶지도 않았다. 나는 침대에서 뛰어내렸다. 지하 벙커로 갈 생각이었다.

"저기, 클로드, 제발 적어도 나나 엄마 아빠한테 두 번 다시는 이런 짓을 하지 않겠다고 약속해 줄래?" 소년 인간이 말했다.

"알았어." 나는 이렇게 대답하고 자리를 벗어났다.

물론 거짓이었다. 나는 곧 다시 떠날 거였다. 우주 기준으로 250시간 뒤면 우주 황제를 뽑는 선거전이 웜홀로도 갈 수 없는 멀고 먼 우주 구역인 '무궁무진'에서 시작된다. 지구 시간으로 대략 사흘 뒤?

내가 약속이나 맹세 따위를 어기는 것은 아무 문제도 되지 않았지만, 다시 지구로 돌아왔을 때 내가 사라진 일로 소년 인간이 징징대는 소리는 듣고 싶지 않았다. 그래서 나는 이 요새에서 나를 대신할 누군가 혹은 무언가를 찾아야 했다. 다행히 뭐가 필요한지를 잘 알고 있었다. 그저 플로피에게 그것을 보내라는 말만 하면 됐다.

그러나 나는 내 하인에게 '사고지연' 정기 총회 소식을 먼저 보고하도록 했다.

"말해 봐라, 부하 녀석아. 아수라장에, 유혈 사태도 있었겠지?"

"그보다 더 좋았습니다. 오, 최고 지도자시여! 뷔페 음식이 정말 맛있더군요. 상세히 보고드리자면, 주인님도 저도 불에 '구운' 라볼키안 럼섬플은 많이 먹어 봤지요. 그런데 이번에는 기름에 바싹 '튀겼'더라고요? 새로운 요리법으로 만든 소스까지 뿌려 먹었답니다! 오, 세상에, 가장 강력한 분이시여, 주인님이라면 적어도 스무 접시는 깨끗이 핥아 드셨을 겁니다!" 플로피가 말했다.

"그만해라, 이 멍청한 녀석아! 첫째, 너 때문에 배가 고파졌다. 둘째, 우주 황제 경쟁에서 내가 누구를 짓밟을지 알아야겠다!" 내가 말했다.

플로피가 바보 같은 표정으로 눈을 깜빡였다. "잠깐만요. 진짜요? 주인님이 '선량한 동물 단체'의 후보라고요? 그 계획이 정말로 먹힐 거라고는 생각하지 못했습니다."

"'위대한 위스쿠즈'를 절대 과소평가하면 안 된다는 걸 이젠 알았겠지!"

"잘 알았습니다. 그런데 주인님이 이걸 어떻게 생각하실지 모르겠습니다. '사고지연'에서는 팡그 장군이 후보로 지명되었습니다."

이 소식에 나는 꼬리를 세게 한 번 휘둘렀다. "그랬단 말이지? 아주 반가운 상황이 되었군."

"정말요? 저는 주인님이 엄청 화내실 거라고 생각했습니다." 플로피가 말했다.

"전혀. 나는 '사고지연'이 팡그 같은 배신자에 무딘 발톱을 가진 길고양이를 우주 황제 후보로 지명한 것이 한심스러울 뿐이다. 그렇지만 즐겁구나. 이제야 마침내 나를 가장 열받게 하는 적을 물리칠 기회가 왔으니. 이번에는 온 우주가 지켜보겠군!"

"와, 진짜 잘됐네요! 자신감은 중요하니까요." 내 부하가 말했다.

"나의 우주 황제 즉위식이 열리면 뷔페에 나올 유일한 메뉴는 복수일 것이다."

"잠시만요, '참새 꼬치 튀김'이 없다고요?"

"말이 그렇다는 거다, 이 멍청한 녀석아!"

"그러니까…… '참새 꼬치 튀김'은 있다는 말씀이죠?"

당장이라도 통신을 뚝 끊어 버리고 싶었지만 플로피에게 물어볼 게 하나 더 남아 있었다.

"말해 봐라, 부하 녀석아. 내가 없는 동안에도 X2가 여전히 잘 작동되느냐?"

"글쎄요. 새 핵분열 저장 팩이 필요하고, 아마도 먼지가 엄청나게 쌓였을 테지만 작동은 될 겁니다. 그건 왜 물으시죠?"

"플로피, 깃털 먼지떨이를 꺼내라. X2에게 새로운 임무를 맡길 테니까. 이 지구에서!" 내가 말했다.

19장

수업 대기실에 있는 스마트 칠판이 깜박이며 켜지더니, 에미 조 담임 선생님이 화면에 나타나 인사를 건넸다. "파이팅, 납작 벌레들! 좋은 아침이야."

"'책벌레들'이요." 브로디가 고쳐 말했다.

"뭐든 간에! 이름을 숨긴 작은 새가 여러분 중 한 명이 오늘 오후에 시즌 첫 농구 경기를 뛴다고 하던데. 맞지, 27번 학생 씨?" 선생님이 말했다.

나는 자리에서 몸을 움츠렸다.

"파이팅, 나무껍질 벌레들! 파이팅, 레이지!" 에미 조 선생님이 외쳤다.

"'라지'예요." 내가 책상 밑으로 더 움츠리며 말했다.

나는 1분 1초가 멀다 하고 시계만 쳐다보면서 수업이 얼른 끝나길 바랐다. 그리고 마침내 농구 코트에 올라 다른 팀원들과 함께 몸을 풀었다.

슛 연습이 끝나고 경기가 시작되기 전에 코치 선생님이 우리를 불러 모아 격려의 말을 해 주었다. 같이 움직이고 서로서로 소통하라는 내용이었는데, 녹음해서 뉴트에게 들려주고 싶었다. 나는 이미 나폴레옹에 대한 책을 두 권이나 읽고 슬라이드 쇼를 만들기 시작했지만, 뉴트는 아직 아무것도 하지 않았다.

호루라기가 울리며 경기가 시작되었다. 관중석이 꽉 차지는 않았지만 관중이 꽤 많아서 긴장됐다. 이 많은 사람 앞에서 망신당하고 싶지 않았다.

나는 1쿼터부터 내내 벤치만 지켰는데, 3쿼터 시작과 함께 코치 선생님이 나를 경기에 투입했다. 나는 코트에 들어가자마자 절묘한 대각선 패스를 했고, 이렇게만 하면 창피당할 일은 없을 거라고 생각했다. 날 창피하게 만든 건 아빠였다.

아빠는 내가 공을 잡을 때마다 관중석에서 뛰어오르며 소리를 질렀다. 가장 최악은 내가 자유투 라인에 섰을 때였다. 아빠가 갑자기 이렇게 외쳤기 때문이다. “라지, 라지, 쟤가 내 아들이에요! 우리 아들이 못 해내면, 아무도 못 해내죠!”

눈을 굴리면서 자유투를 던지기란 쉽지 않은 일이었지만, 나는 해냈다.

우리 팀이 11점 차로 이겼고, 라커 룸에서 팀원들과 하이 파이브를 주고받았다. 내가 밖으로 나왔을 때 아빠는 활짝 웃는 얼굴로 나를 기다리고 있었다. 엄마도 마찬가지였다.

"오, 라지, 농구가 체스보다 훨씬 더 신나더구나." 엄마가 말했다.

아빠는 나를 꽉 껴안았다. 아빠는 숨을 몰아쉬며 땀을 흘리고 있었다. "와, 응원도 엄청 운동이 되는구나!"

차로 걸어가는 우리에게 뉴트가 다가왔다.

"좋은 경기였어, 라지." 뉴트는 이렇게 말하며 하이 파이브를 하자는 듯 손을 올렸다.

내가 손바닥을 마주치려고 하자 뉴트가 손을 내렸다.

"그런데 반응 속도는 좀 더 높여야겠는데."

20장

"오, 위대한 주인님이시여, 이제 X2를 지구 대기권에 진입시켜도 될까요?" 내 부하가 물었다.

엄마, 아빠 인간이 소년 인간의 농구 대결을 보러 나갔기에 마침 요새가 텅 빈 참이었다.

"내려보내라." 내가 은하계 통신기에 대고 말했다.

불과 몇 초 뒤, 작은 우주선이 뒷마당으로 내려왔다. 착륙을 앞두고 우주선의 속도가 느려지더니 모양이 변하기 시작했다. 어떤 충격에도 부서지지 않는 페르마트륨 합금으로 만든 우주선의 날개가 안쪽으로 접히며 부드러운 회색 털이 드러났다. 착륙 장치는 네 개의 다리로 바뀌었고, 추진기는 유연하고 고급스러운 꼬리가 됐다. 마지막으로 원뿔형의 우주선 윗부분은 도도하고 고귀한 얼굴로 변신했다.

바로 내 얼굴로.

나와 똑 닮은 안드로이드 로봇 '캣드로이드'가 눈을 깜빡였다. "안녕하십니까. 오, 모든 것을 아우르는 주인님이

시여."

캣드로이드의 음성은 내 목소리처럼 들리지만, 사실 플로피가 말하는 것이었다. 플로피는 리티르복스에서 X2를 조종하고 있었다.

플로피가 드물게 똑똑한 순간이 있는데, 이 로봇이 바로 그때 설계되었다. 리티르복스의 최고 지도자인 나를 암살하려는 고양이들을 막고자 이 도플갱어 로봇을 만들었다. 아코니우스만 해도 수십 번 속아 넘어갔다.

"아코니우스 대령이 어디선가 나타나서는 '이번엔 내가 너를 잡았다, 위스쿠즈! 복수는 나의 것이다!' 하고 외쳤던 일 기억나세요? 자기가 자른 머리가 캣드로이드인 걸 깨달았을 때 그의 표정은 정말이지!"

"귀여웠지."

물론 여기 지구에서는 X2의 임무가 훨씬 간단할 터였다. X2는 내가 지구 밖에 있다는 사실을 '내 인간'들이 알아채지 못하게 할 대역이었다.

나는 플로피에게 식탁 의자와 같은 인간들의 이상한 발명품을 보여 주며 요새를 구경시켜 주었다.

"인간들의 몸은 너무 형편없이 설계돼 있어서 이런 의

자 없이는 앉을 수조차 없거든."

"와, 그래서 주인님이 인간들을 측은하게 여기시는군요. 그런데 이 시끄러운 소리는 뭐죠? '스프로시안' 역추력 장치에서 나는 소음 같은데요." 내 부하가 말했다.

나는 한숨을 내쉬었다. "날 데리러 온 걸 거다."

뭉툭한 발로 지하 벙커 계단을 쿵쿵 내려오는 소리가 들리더니…….

"이봐, 친구! 널 데리러 왔어. 다음 정거장은 '무궁무진'이라고!" 왈크스가 나를 보며 바보처럼 헐떡거렸다. 그다음에야 이 멍청이는 캣드로이드의 존재를 알아차렸다. "우아, 둘이나 타는 거야? 클로드, 나한테 문제가 있나 봐. 네가 둘로 보여!"

우주를 지배하려면 참고 견뎌 내야 했다.

21장

내가 뉴트에게 대꾸하려는 참에 아빠가 다가왔다.

"라지, 친한 친구니? 안녕! 나는 '크리슈 바네르지'란다. 만나서 무척 반갑구나!" 아빠가 뉴트에게 손을 내밀며 말했다.

"아, 알고 있어요, 바네르지 선생님. 치과 의사이시죠? 광고에서 봤어요. '우리 동네에 새 치과 의사가 왔습니다!' 라고 말씀하시잖아요." 그러더니 뉴트는 손가락으로 총 모양을 만들어 아빠를 겨눴다.

엄마와 나는 동시에 끙 하고 신음했다. 우리가 여기에 이사 온 직후, 아빠는 지역 신문에 치과 광고를 많이 냈다. 그 광고에서 아빠는 양손에 치과용 드릴을 들고 카우보이 모자를 쓰고 있었다. 거기에는 이런 문구가 있었다. '지명 수배: 멋진 미소를 찾아 드립니다!'

"아저씨 꽤 유명하세요." 뉴트가 말했다.

"과찬이야."

아빠 얼굴이 빨개진다고? 부끄러워서? 뉴트가 대놓고 놀

리는 게 너무 뻔한데.

"음, 차에 먼저 가 계세요." 내가 말했다.

엄마가 아빠의 허리에 팔을 두르며 말했다. "이리 와, 크리슈. 라지가 친구랑 있게 잠시 시간을 주자."

그런 다음 엄마는 나에게 윙크했다.

설마 내가 뉴트를 좋아한다고 생각하는 건가? 웩!

엄마 아빠가 저만치 멀어졌을 때, 뉴트가 생각지도 못한 말을 꺼냈다.

"저기, 저번 일은 미안해. 스케이트보드를 타고 가다가 완전 넘어졌거든. 지나가던 어떤 사람이 상처에 붕대를 감아 줬다니까."

뉴트는 청바지를 걷어 올려 왼쪽 무릎을 보여 주었다. 온통 딱지투성이였고, 주변 피부는 보라색과 파란색으로 멍이 들어 있었다. 진짜 끔찍했다.

"너한테 전화하려고 했는데, 배터리가 없어서 휴대폰이 꺼졌더라고." 뉴트가 덧붙였다.

나는 뉴트의 말을 믿어야 하나 고민했다. 하긴, 뉴트가 왜 그런 거짓말을 하겠어? 아니지, 뉴트는 늘 나한테 거짓말을 하잖아.

"내일 학교 끝나고 너희 집에 가도 돼? 이번에는 제대로 조별 과제를 할게." 뉴트가 말했다.

"좋아." 나는 어깨를 으쓱하며 말했다. 직접 보면 알게 되겠지.

22장

“세상에! 난 정말이지 이런 여행길이 너무 좋아, 넌 안 그래? 사실 우주에는 길이 없지만. 그래도 내 말뜻 이해하지? 창밖으로 머리를 내밀고 우주 냄새를 킁킁 맡고 싶지 않아?” 왈크스가 말했다.

“우주에서는 숨을 못 쉬어, 이 혓바닥도 간수 못 하는 멍청이야.” 내가 말했다.

왈크스는 꼬리로 좌석 등받이를 쳐 댔다. “나는 우리가 모든 것이 시작된 ‘무궁무진’으로 간다는 게 안 믿겨! 고양이든 강아지든, 우리는 모두 별의 먼지잖아! 오, 클로드, 나 지금 너랑 아주 가까운 사이가 된 기분이 들어.”

나는 컵 받침대에 토하고 말았다.

우리는 ‘쿼츠 성운’과 ‘복소르키안 초은하단’을 빠르게 지나쳤는데, ‘하킬로트 소행성대’에 들어서자 왈크스가 우주선의 속도를 늦췄다.

“이 황무지에 왜 우주선을 세우는 거지?” 내가 따지듯이 물었다.

왈크스는 안전띠를 풀었다. "여기 어딘가에다 내 뒷다리를 들어 올려야겠어."

"30만 광년 전에도 그 짓을 했잖아!"

"너도 같이 하자. 아직 영역 표시가 없는 곳일지도 모르잖아!" 왈크스가 출입구의 밀폐 장치를 풀면서 말했다.

이 바보를 두고 갈 수 있다면 좋을 텐데.

왈크스를 기다리는 동안 나는 우주 황제가 되고 나면 무슨 일부터 할지 생각했다. 적들을 감옥에 가두고 굴욕을 주는 건 당연했고, 또 뭐가 있을까? 모든 존재가 매일 나에게 충성 맹세를 하게 할까? 나만의 공포 정치를 시작할까? 나는 이 '공포 정치'라는 말이 정말 마음에 들었다.

"친구, 이제 기분이 훨씬 좋아졌어. 그러고 보니 아까도 기분이 꽤 괜찮았어. 너랑 내가 온 우주에 정직과 선함을 퍼뜨리기 위해 함께하다니. 정말 놀랍지 않아?" 왈크스가 조종석으로 다시 들어가며 말했다.

그래, 정말 놀랍다. 이보다 더 멍청할 수 있을까 싶은 순간마다 넌 내가 틀렸다고 증명해 주니까.

"그만 떠들어 대고 조종이나 해. 이러다 늦겠어." 내가 말했다.

왈크스는 계기판을 힐끗 보더니 뒷발로 머리를 긁적였다. "흠, 성가신 '코펙 은하'가 어디 있지? 지금쯤 나와야 할 것 같은데……."

왈크스는 혀를 내민 채 얼음처럼 차가운 어둠을 찡그린 눈으로 쳐다보았다. "정말이지, 이 우주선 창문을 열어도 된다면 훨씬 좋을 텐데."

"설마 길을 잃었어? 어떻게 길을 잃을 수가 있지? 지도 앱을 켜 놓은 거 아니야?" 내가 소리쳤다.

왈크스가 고개를 갸우뚱거리며 나를 바라보았다. "알잖아, 클로드. '무궁무진' 근방은 위치 추적 기능이 아무 소용없어! 그리고 이 길은 나도 처음이란 말이야."

"그럼 길을 어떻게 찾아?"

"보통은 냄새를 따라가. 그러니까 내 말은, 지구에서는 코가 곧 지도 앱이야, 착한 친구. 하지만 우주에서는? 예로부터 내려오는 '착한 개' 어록엔 이런 말이 있어. '네 본능을 믿어라, 그러면 진정한 길을 찾을 것이다.' 아니, '뼈라도 찾을 것이다.'였나? 거기가 항상 헷갈리네."

"네가 뭘 헷갈리지 말아야 하는지 내가 알려 주지. 바로 '무궁무진'으로 가는 길이야! 이제 말 좀 그만하고 움직이라고!" 내가 으르렁거렸다.

동시에 왈크스가 추진 장치를 눌렀고, 우리는 최고 속도로 날기 시작했다.

23장

농구 경기가 끝나고 우리는 얼마 남지 않은 할머니 음식을 늦은 저녁으로 먹기로 했다. 나는 전자레인지를 돌리면서 클로드가 왜 달려오지 않는지 궁금했다. 이게 마지막인데. 더는 없는데. 처음에는 좋았다. 음식을 나눠 먹고 싶지 않았기 때문이다. 하지만 곧 걱정되기 시작했다. 클로드가 또 말도 없이 지구 밖으로 나간 건 아니겠지?

아빠가 '라삼' 수프를 한 모금 마시며 말했다. "이건 말해두고 싶구나. 뉴트는 성격이 참 '좋은' 것 같더라."

"제가 아는 '좋다'는 뜻과 많이 다른 것 같은데요." 내가 대꾸했다.

"뭔가 '좋은' 걸 얘기하는 거라면, 너의 첫 경기를 축하하려고 맛 '좋은' 후식을 준비했는데." 엄마가 말했다.

평소 엄마가 말하는 후식은 아가베 시럽을 한 방울쯤 넣은 녹차였기 때문에 나는 엄마가 민트 초코칩 아이스크림 통을 꺼내 보여 줬을 때 무척이나 들떴다. 우리가 거실에서 커다란 그릇에 아이스크림을 덜어 먹고 있는데 클로드가 소파 위로 풀쩍 뛰어올랐다.

웬일로 아빠의 옆자리였다.

“여, 꼬맹이 친구! 내가 그리웠니? 그래?”

못해도 쉿쉿거릴 줄 알았던 클로드는 그냥 둥글게 몸을 말더니 눈을 감았다.

심지어 아이스크림을 먹으려고도 하지 않았다!

“클로드가 집에 돌아와서 행복한가 봐. 오래 집을 떠나 있었으니 무서웠겠지. 그런 경험이 동물의 성격을 바꾸기도 하지.” 엄마가 말했다.

나는 클로드의 경우에는 그게 통할 리 없다는 것을 안다. 게다가 클로드는 길을 잃은 것도 아니었다. 다른 행성에 갔다 왔을 뿐.

“가엾은 녀석. 와, 라지, 이것 좀 봐! 내가 배를 긁는데도 클로드가 가만있어.” 아빠가 말했다.

클로드가 괜찮은 건가? 우주여행으로 머릿속이 뒤죽박죽되었나?

내가 내 방으로 올라갔을 때 클로드는 침대 한가운데에 떡하니 누워 있었다.

“매일 밤 이래야 해? 좀 비켜 주면 안 돼?” 내가 말했다.

"미안. 이제 됐어?" 클로드가 황급히 침대 가장자리로 물러나 말했다.

나는 내 귀를 의심했다. "클로드, 네가 이렇게 예의 바르다고? 내 부탁도 들어주고?"

클로드가 나를 보며 눈을 깜빡였다. "어…… 말이 헛나간 거야. 그러니까 내가 하려던 말은 '이 침대는 내 거야, 이 쓸모없는 인간 녀석아!'였어. 이제, 어, 난 가겠다. 따라오지 마, 이 털 없는 멍청이야!"

클로드가 복도 밖으로 사라지고, 나는 엄마 말이 맞을지도 모른다는 생각을 했다. 어쩌면 집을 떠나 있던 시간이 정말로 클로드를 바꿔 놓았을지 몰랐다.

24장

고대 조상들은 개에게 뛰어난 방향 감각이 있다고 기록했지만, 이 별종 개는 또 한 번 길을 잃었다. 왈크스가 '거인국 별자리 유치원'에서 길을 잘못 들면서 우리는 거대한 가스 행성의 중력에 붙들려 버렸다. 그 행성의 궤도를 세 바퀴나 도는 동안 왈크스는 멍청한 방귀 농담을 해 댔다.

"너한테 거대한 가스 행성을 보여 주려고 그랬지. 왈왈."

나는 왈크스의 우주 헬멧을 벗겨 그걸로 한 대 치고 싶은 충동을 참아야 했다. 마침내 우리는 '무궁무진'에 도착했고, 왈크스는 신이 나서 헉헉거리며 최종 목적지인 '시간의 신전'을 향해 앞장섰다.

빛을 잃은 흑색 왜성에 세워진 '시간의 신전'은 '현명한 위원회'의 근거지였다. 이 위원회에 속한 열둘의 신적 존재는 거의 모든 것이 비밀에 싸여 있으며, 어떤 종인지도 알려진 바가 없었다. (어떤 종류의 고양이일 거라고 추측하지만 말이다.)

이 위원회만이 우주의 무한한 신비를 이해하기에 이들이 다음 우주 황제를 선택한다.

바로, 나로.

우리는 서둘러 '시간의 신전'으로 향했고, '영원의 계단'이 시작되는 곳에 수많은 생명체가 모인 것을 보았다. 의식은 이미 진행 중이었다.

"'행성들의 서약'과 '별이 아로새겨진 우주의 노래'는 순서가 지났나 보군. 네 덕분에 말이지." 내가 쉭쉭거렸다.

왈크스가 꼬리를 축 늘어뜨리며 말했다. "아우! 떼창을 울부짖고 싶었는데."

더 큰 문제는 내가 '영원의 계단' 꼭대기에 있는 다른 후보 무리에 늦게 합류했다는 점이다. 그곳은 너무 붐벼서 설 데라고는 내 숙적의 옆자리뿐이었다.

팡그가 나를 보고 눈이 휘둥그레졌다. 그러더니 그 비열한 녀석은 히죽히죽 웃기 시작했다.

"온 우주가 보는 앞에서 당신한테 굴욕감을 줄 날만 고대하고 있었는데, 그 스웨터가 이미 그러고 있군요." 팡그가 말했다.

나는 신랄한 비난을 퍼부으려고 입을 달싹이다가 군중

속에 모인 '선동단' 판다들을 보고 마음을 다잡았다. 이까맣고 하얀 얼간이들은 입이 움직이는 모양만 보고도 무슨 말을 하는지 알아내는 '독순술'에 능하다고 알려져 있었다.

"나는…… 이런 스웨터 같은 걸…… 무척이나 좋아한답니다. 당신의 조롱이…… 내 '감정'을 상하게 하는군요." 내가 힘겹게 말했다.

팡그는 귀가 머리에 닿을 정도로 납작하게 눕혔다. "당신답지 않게 얕은수를 쓰네요, 위스쿠즈." 팡그가 쉿쉿거렸다.

"안녕하세요, 안녕하세요! 제 이름은 '큐법'입니다! 그러니까 여러분도 우주 황제가 되고 싶은 거죠? 그렇죠? 음, 저는 '설치류의 진보파 단체' 후보입니다. 두 분과 함께 이렇게 훌륭한 자리에 서게 되어 정말 영광입니다……." 한 비버가 나와 팡그 사이로 머리를 들이밀며 말했다.

"들으시오, 우주의 생명체들이여!" 쩌렁쩌렁한 목소리가 울려 퍼졌다.

내 숙적은 거대한 몸집에 털이 치렁치렁한 '브라그녹스'를 보고 겁에 질려 꼬리가 부풀었다. 하지만 나는 곰처럼 큰 몸집에 그리 당황하지 않았다. 어쨌든 나는 인간들과 함께 살고 있었으니까.

"'현명한 위원회'의 최고 수호자이자 옹호자로서, 시공간을 넘어 오늘 이곳까지 와 주신 여러분을 환영합니다. 지금부터 우주 황제 선출이 시작됨을 널리 알리는 바입니다!"

군중들이 포효하자 찌릿한 전율이 털끝으로 빠르게 번져 나갔다. 실감이 났다! 곧 나는 '현명한 위원회' 앞에서 내 실력을 증명할 것이다. 내 평생, 이 순간을 꿈꿔 왔다!

"이 '영원의 계단' 꼭대기에 만물을 아우를 미래의 통치자가 서 있습니다! 한데 누구일까요? '자유로운 떠돌이 소 협회'의 버펄로 '보뱅투스'일까요?" 브라그녹스의 말에 요란하게 발굽을 구르는 소리가 들렸다.

"아니면 '단호한 개인주의 단체'에서 온 야생 울버린 '굴로'일까요? 어쩌면 '악플러 연맹'의 약삭빠른 족제비 '핀스'일지도요?"

브라그녹스가 후보를 하나하나 소개할 때, 나는 '사고지연' 회원들이 어디 있나 살펴보았다. 제일 처음 눈에 들어온 건 두 다리로 우뚝 선 대장군 조크였다. 면도날처럼 날카로운 794개의 이빨을 가진 3톤짜리 거대 상어는 안 보이려야 안 보일 수가 없었다. 그 옆에는 '사고지연' 정기 총회의 뷔페에서 항상 돼지처럼 먹어 대는 현상금 사냥꾼 '스팻지오드'가 있었다. (그가 멧돼지이기는 했지만, 아무리 그래도 그렇지.) 그다음에 나는 아코니우스 대령의 솜털 꼬리를 알아보았다. 아코니우스는 나와 눈이 마주치자 능글능글한 웃음으로 아는 척했다.

내가 우주 황제가 되면 다시는 저렇게 웃지 못할 것이다!

너무 귀엽기는 하지만 말이다.

나는 다음 후보를 소개하는 브라그녹스의 목소리에 다시 관심을 기울였다.

“우리의 다음 황제는 ‘팡그’가 될지도 모르지요. 팡그는 파괴와 억압, 무엇보다 사악함을 추구하는 ‘사악한 최고

지도자 연합회' 소속입니다." 브라그녹스가 천둥 치듯 크게 말했다.

팡그의 소개가 끝나자 시끌벅적한 야유가 잇따랐다. 적어도 나에게는 그렇게 들렸다.

"마지막 후보는 또 다른 고양이입니다. 이 고양이는 '선량한 동물 단체'에서 왔다는데…… 잠시만요, 맞나요?" 브라그녹스가 메모를 내려다보며 고개를 저었다.

"분명 '선량한 동물 단체'에서 온 '클로드'입니다!"

나는 브라그녹스의 소개에 얼굴을 구겼는데, 우주 잡종개 무리가 환호하며 울부짖기 시작했을 때는 더 기분이 상했다.

"왈왈, 귀여운 클로드." 팡그가 속삭였다.

내가 한마디 쏘아붙이려는데 브라그녹스가 거대한 발을 들어 올려 군중들에게 조용히 하라는 신호를 보냈다.

"우주의 동물들이여! 자, 때가 되었습니다. 황제 선출을 시작합시다!" 브라그녹스가 근엄한 목소리로 말했다.

25장

농구 연습을 마치고 집에 온 지 30분쯤 지나자 초인종이 울렸다.

현관문을 열자 뉴트가 말했다. "그 놀란 얼굴은 뭔데. 내가 오늘 우리 과제를 끝낼 거라고 말했을 텐데."

"어, 그랬지. 들어와."

우리는 부엌으로 갔고, 나는 뉴트에게 지금까지 한 과제를 보여 주려고 노트북을 열었다.

나폴레옹 보나파르트는 1769년에 코르시카섬에서 태어났습니다. 사관 학교를 졸업한 나폴레옹은 1785년에 프랑스 육군 소위가 되었습니다.

"아주 좋네. 그런데 더 좋아지려면 어떡해야 하는지 알아? 스타일을 바꾸면 돼." 뉴트가 말했다.

"어?"

뉴트는 나를 옆으로 밀더니 글자 색과 크기, 글꼴을 바꿔 가며 내 슬라이드를 고치기 시작했다.

"그리고 느낌표가 필요하지. 모든 글쓰기는 느낌표가 있어야 훨씬 흥미진진해진다고." 뉴트가 말했다.

나폴레옹 보나파르트는
1769년에 코르시카섬에서 태어났습니다!
사관 학교를 졸업한 나폴레옹은
1785년에 프랑스 육군 소위가
되었습니다!!!

"음, 지금 우리가 신경 써야 할 건 이게 아닌 것 같은데." 내가 말했다.

"이게 맞지. 시각적으로 사람들의 관심을 사로잡아야 한다고."

뉴트가 슬라이드를 또 바꾸자, 글자들은 초록색의 구불구불한 모양으로 변했다.

“이건 그냥 징그러워 보이는데. 뭣보다 내가 열 장 정도 슬라이드를 만들었는데, 총 쉰 장은 필요할 것 같아.” 내가 말했다.

“그럼 쓰는 건 네가 계속하면 되겠네.”

그 순간 나는 클로드가 적에게 느끼는 감정이 뭔지 이해할 수 있었다.

“알았어, 그러면 내 노트북 좀 돌려줄래?”

뉴트는 투덜거리며 또다시 글꼴을 바꾸려고 했다. 내가 뉴트의 손에서 노트북을 빼앗으려는데 클로드가 부엌으로 걸어 들어왔다. 클로드는 뉴트를 보고 다가와서는 다리에 몸을 문질렀다. 클로드가 왜 저러지?

“야, 나한테서 떨어지게 해. 나 고양이 알레르기가 있다고.” 뉴트가 말했다.

클로드가 자기 잘못을 알았는지 몸을 돌려 조리대 위로 뛰어올랐다.

“야, 마지막 슬라이드가 왜 ‘프랑스 혁명’인데? 나폴레옹이 아직 활약하기 전이잖아.” 뉴트가 말했다.

“내가 방금 슬라이드를 마흔 장 더 만들어야 한다고 말했잖아. 아무것도 안 할 거면, 최소한 지적질은 하지 말아

줄래?"

마침내 뉴트는 내가 새 슬라이드를 만들 수 있게 노트북을 돌려주었다.

그때 뉴트가 물었다. "어, 내가 고양이를 잘 몰라서 그러는데, 원래 머리가 저렇게 빙빙 돌아가?"

"그게 무슨 소리야?" 나는 고개를 들고 부엌 밖으로 나가는 클로드를 보았다.

"너희 집 고양이 머리가 방금 360도로 돌아갔다니까. 진짜야!" 뉴트가 말했다.

"그래, 알았어." 나는 계속해서 자판을 치며 대꾸했다. 더는 뉴트에게 속지 말아야지.

26장

'시간의 신전' 안은 어두웠지만, 발소리가 울려 퍼지는 걸로 보아 내부가 광활하다는 것을 알 수 있었다. 나의 뛰어난 고양이 눈이 어둠에 적응하기 시작했다. 그런데 '현명한 위원회'는 어디 있지?

신전 바닥에 나 있는 작은 문 앞에 멈춰 선 브라그녹스가 말했다. "우주 황제 후보들이여, 준비되었습니까. 여러분은 이 아래에 있는 '현명한 위원회' 알현실로 들어갈 겁니다. 그곳에서 여러분은 이전의 모든 황제 후보와 똑같은 시험을 마주하게 됩니다. 아마도 들어 보셨을 테죠…… '세 가지 시험'이라고."

내 옆의 큐빕은 헉하는 숨소리를 애써 참고 있었다. '세 가지 시험'은 가히 전설적이었다. 정확히 어떤 시험인지는 아무도 알지 못했지만, 나는 최소한 두 번은 유혈 사태가 있으리라 예상했다.

브라그녹스는 뚜껑 문의 손잡이를 움켜쥔 채로 우리를 하나하나 엄하게 쳐다보았다. "만약 여러분 중 누구라도 안에서 있었던 일을 떠벌린다면, 맹세컨대 끝까지 추격해서 목을 벨 것입니다!"

그러고 나서 브라그녹스는 마치 미소를 짓듯 이빨을 씩 드러냈다. "이제 가서 즐기다 오세요."

나는 브라그녹스의 이런 모습이 오히려 마음에 들었다.

가장 먼저 내려간 건 '몸에 좋은 채식 협회'의 후보인 다람쥐 '누크누크'였다.

"'맛이 좋은 먹잇감 뷔페'가 더 맞는 이름 같은데." 팡그가 속삭였다.

한 가지는 인정해야 했다. 팡그는 유머 감각이 뛰어났다.

하지만 팡그가 누크누크를 조롱하는 순간에도, 나는 누크누크가 겪을 세 가지의 시험이 궁금했다. 더 중요한 문제는 '저 다람쥐가 잘해 낼까?'였다.

마침내 누크누크가 다시 모습을 드러냈을 때 그 눈은 흐릿했고, 주체 못 할 정도로 코를 씰룩거렸다. 엄청 끔찍한 일을 겪은 듯 보였다.

얼마나 멋진가! 이 다람쥐는 형편없이 실패한 것이 분명했다.

"다음." 브라그녹스가 큰 소리로 말했다.

얼른 들어가고 싶어 안달하던 울버린이 알현실로 내려갔다. 긴 시간이 흐르고 다시 나타난 울버린 역시 이전 모습은 온데간데없었다. 울버린은 훌쩍훌쩍 울면서 브라그녹스보다 덩치만 작은 두 호위병에게 끌려 나갔다. 누크누크가 그랬던 것처럼.

다른 후보들도 뚜껑 문 아래로 들어갔고, 하나같이 충격을 받은 채 올라왔다. 그들이 어떤 시험을 겪었는지는 몰라도 나는 훨씬 용감히 마주하리라.

"옛 친구, 위스쿠즈. 우리는 수년간 많은 대회에서 서로 경쟁해 왔죠." 팡그가 지난 일을 떠올리며 말했다.

"아, 그랬지. 우리가 갓 태어난 아기 고양이였을 때 전투기 경주했던 거 기억나? 내 기억에, 난 진 적이 없지." 나는 생각에 잠겼다.

"나는 '웅변 올림픽'이 더 기억나는데요. 당신, 한 번이라도 '황금 혓바닥' 상을 받아 봤어요?" 팡그가 대꾸했다.

"그런 바보 같은 대회를 누가 신경 쓴다고!"

우리는 몇 시간 동안 치열한 언쟁을 벌이며 끝없는 기다림을 나름의 방식으로 즐기고 있었다. 나는 얼른 내 차례가 오기를 바랐지만 브라그녹스는 매번 다른 후보를 호명했고, 그때마다 나는 실망했다. '악취 나는 분무 협회'의 스컹크가 털이 새하얗게 질려서 알현실 밖으로 나왔다. 이제 남은 후보는 팡그와 나뿐이었다.

유감스럽게도 브라그녹스는 다음 차례로 내 숙적의 이름을 불렀다. 팡그는 다른 어떤 후보보다도 오랜 시간 '현명한 위원회'를 지켜보았기 때문에 나는 팡그가 잘해 낼까 봐 두려웠다. 다시 나타난 팡그가 완전히 정신이 나가 보이지 않았다는 점도 신경 쓰였다.

“당신 차례네요.” 팡그가 으르렁거리며 말했다.

드디어 이 순간이 왔다. 브라그녹스가 뚜껑 문을 열었고, 우리는 점점 더 깊은 어둠 속으로 내려갔다. 맨 아래에 다다라 우리는 또 다른 문 앞에 섰다.

털북숭이 곰은 앞발에 쥔 지팡이로 나를 가리켰다. “이 문 너머에는 우주에서 가장 나이 많고 가장 현명한 생명체들이 있으며, 그들의 모습을 본 몇몇 후보는 눈물을 짓기도 했습니다. 이제 ‘현명한 위원회’를 만날 준비를 하세요!”

27장

역사 담당인 맥쿼드 선생님은 여자 농구 코치도 맡고 있었기에 농구 연습을 끝낸 나는 선생님에게 다가가 조별 과제를 혼자 해도 되는지 물었다.

"지금까지 뉴트가 한 건 아무것도 없거든요."

"분명 뉴트도 최선을 다하는 중일 거야." 맥쿼드 선생님이 말했다.

"전혀 아니에요. 뉴트는 글자 색을 이것저것 건드리고 포토샵으로 나폴레옹 얼굴에 커다란 콧수염만 그려 놨는 걸요."

"라지, 이번 조별 과제에서 가장 중요한 게 역사뿐일까? 나는 너희가 서로 잘 맞지 않는 사람과도 힘을 합쳐 일을 완성하는 협업의 과정을 배우길 바란단다."

사실 내가 기대한 대답은 아니었다.

나는 집으로 돌아와 책가방을 현관 앞에 버리다시피 하고 식탁 의자에 털썩 앉았다. 클로드는 조리대 위에서 낮잠을 자다가 내 발소리에 번쩍 눈을 떴다.

"클로드, 너는 적이 많잖아. 그런데 그런 적이랑 함께 뭔가를 한 적이 있어?" 내가 물었다.

"적이라고? 나는 적이 없는데." 클로드가 대꾸했다.

"적이 없다고? 넌 항상 모두한테 어떤 식으로든 배신당했다고 말하고 다녔잖아." 내 말에 클로드가 눈을 깜빡였다.

"아, 그랬지. 내 말은 나한테 정말 많고 많은 적이 있다는 뜻이었어! 팡그! 그놈이 최악이지! 우우우, 정말 못된 놈이야!" 그러더니 클로드는 대충 쉿쉿거렸다.

"반면에, 내 동료인 플로피는 잘생긴 데다 대화도 잘 통해. 충성스럽고 똑똑하고 말이야. 더 많은 고양이가 그 진가를 알아봐야 할 텐데. 플로피는 내 형제이자, 가장 친한 친구지."

클로드라면 절대 입 밖으로 내지 않을 말이었다.

나는 손을 뻗어 클로드의 이마를 만져 보았다. 고양이도 열은 날 수 있잖아? 클로드는 그러라고 내버려두었다. 그런데 이마가 따뜻하지 않고 시원했다. 심지어 차가웠다.

"클로드, 너 무슨 일 있어?"

클로드가 다시금 눈을 깜빡였다. "뭐가? 아무 일도 없는데!"

그 순간 클로드의 머리가 빙글빙글 돌기 시작하더니 눈에서 레이저 광선이 나왔다. 부엌 쓰레기통에 화르르 불이 붙었다.

어어.

28장

브라그녹스가 거대한 문을 열었을 때 나는 이런 장면을 기대했다. 화려하게 빛나는 실내와 우주 곰으로 구성된 정예 호위대 그리고 '카르파우티아산맥'의 금으로 만든 왕좌에 앉아 콧수염을 길게 늘어뜨리고 있는 열둘의 고대 고양이를. 그 대신 내가 어둡고 습한 동굴에서 마주한 건 열두 개의 큰 바위였다.

웬 바위지?

"존경하는 '현명한 위원회' 위원들이시여, 여러분에게 '클로드'를 소개합니다." 브라그녹스가 큰 소리로 알렸다.

위원들이라고? 위원들이 어디 있는데? 브라그녹스는 돌에 말을 거는 듯 보였다.

그 순간 등줄기를 따라 털이 솟을 만큼 충격적인 일이 벌어졌다. 바위에서 다리가 나오더니, 머리도 나왔다. 훤히 벗겨진 데다 비늘로 덮인 머리가!

우주의 비밀을 지키는 수호자는 고양이가 아니었다. 그들은 '거북이'였다!

거북이라니? 설마 그럴 리가! 거북이는 우주에서 느리고, 나태하고, 야심이 없기로 유명했다. 한때 나는 거북이 행성을 두 개나 정복했었고, 하나도 힘들이지 않고 그곳의 거북이들을 노예로 만들었다.

나는 이 거북이들이 그 일로 원한을 품고 있지 않기를 바랐다.

'현명한 위원회'의 위원들이 내 쪽으로 기어 오기 시작했다. 너무 느려서 처음에는 그들이 움직이는지조차 알아채지 못했다. 거북이들은 서로 대화를 주고받는 것 같았는데, 나는 그들의 고대 언어를 몰랐다.

"저들이 무슨 말을……."

"쉿! 대답해야 할 때만 말하시오." 브라그녹스가 명령했다.

나는 쉿쉿거릴 뻔했지만 꾹 참았다. 생각보다 저 털북숭이가 마음에 든다는 말은 취소다.

"'현명한 위원회'는 무한한 지혜로 각각의 후보에게 적합한 시험을 공들여 만든다. 고양이여, 그대는 첫 번째로 '솜씨'를 평가받게 될 것이다."

반가운 소식이었다. 나는 모든 일에 능수능란하니까. 특

히나 폭력적인 쪽으로는 더더욱 솜씨가 좋았다. 내 발톱이 알아서 날을 세우는 느낌이 들었다.

브라그녹스는 거북이들과 논의한 뒤 나를 돌아보았다.

"'현명한 위원회'는 그대의 솜씨를 평가할 시험을 정했다. 그것은 바로 '노래'다." 브라그녹스가 말했다.

"노래? 무슨 노래?" 내가 물었다.

"자세한 것은 묻지 마시오! '현명한 위원회'의 명령만 따르면 된다. 그리고 그 명령은 '노래'다!"

이 무슨 터무니없는 소리인가! 하지만 한편으로는 이렇게 운이 좋을 수 있나 싶었다. 내 노래 실력은 오래전부터 찬사를 받아 왔다. 나는 그 옛날 위대한 고양이의 울음소리를 먼저 들려준 뒤 현대적인 노래를 이어 부를 생각이었다. 그리고 내가 사관 학교 시절 탄도학을 주제로 만든 신나고 짤막한 노래로 피날레를 장식해야지. 아, 생도들이 그 노래를 얼마나 좋아했는지!

나는 목청을 가다듬고는 마음속으로 노래의 첫 음높이를 찾았다. 그리고 숨을 들이마신 뒤 노래를 시작했다.

"가……."

"대단히 잘 들었습니다." 브라그녹스가 말했다.

“뭐라고요?”

“나는 이렇게 말했다. ‘대단히 잘 들었습니다.’라고.”

“하지만 겨우 한 음밖에는…….”

“쉿!” 브라그녹스가 명령했다.

이번에야말로 쉿쉿거리고 싶었지만 꾹 참는 것만이 내가 할 수 있는 전부였다.

분노를 가라앉히고 다시 집중하기 위해 나는 ‘막간 낮잠’을 자기로 했다. 그런데 내가 눈을 감자마자 거대한 브라그녹스가 소리쳤다.

“낮잠 금지!”

“낮잠이…… 안 된다고?”

내가 우주 황제가 되면, 이 털북숭이의 털을 모조리 뽑아 족제비 은하로 추방할 것이다!

29장

"앗! 실수." 쓰레기통에서 연기가 피어오르자 클로드가 외쳤다.

이건 내가 아는 클로드가 아니다. 첫째, 만약 클로드에게 레이저 눈이 있었다면 진작에 쏘고도 남았을 것이다. 둘째, 클로드는 결코 "실수."라는 말을 하지 않는다.

"너 누구야? 대체 뭔데?" 내가 불을 끄느라 발을 구르며 소리쳤다.

레이저로 무장한 고양이 같은 것이 내 쪽으로 돌아섰고, 나는 레이저가 또 나올까 봐 냉장고 뒤로 몸을 숨겼다.

"넌 어디서 왔어? 클로드를 어떻게 한 거야?" 내가 소리쳐 물었다.

그러자 그것은 더는 클로드의 목소리로 말하지 않았다. 한숨을 내쉬며 이렇게 말했다. "어휴, 정체가 들통났잖아. 최고 지도자님이 엄청 화내시겠네!"

"넌 누구냐니까?"

"라지, 나야. 플로피 피르."

"플로피 피르? 클로드의 부하 말이야?"

"그 표현은 정말 별로야. 나는 '동료'나 '팀원'이라는 말이 더 좋거든. 아니면 '가장 친한 친구!'"

"그런데 클로드한테 무슨 일이 생긴 거야?"

"걱정하지 마, 그분은 괜찮으니까. 뭐, 괜찮으실 거야. 최고 지도자님이 무슨 일을 벌일지 예측하기는 어렵지만." 로봇 클로드의 머리가 다시금 빙글빙글 돌더니, 딸가닥 소리가 났다.

"그러니까 넌 로봇인 거지? 나는 네가 진짜 고양이인 줄 알았잖아."

"난 진짜 고양이야! 이 로봇은 위대한 지도자님을 똑 닮은 캣드로이드인 X2고. 리티르복스에서 내가 조종하고 있지. 주인님이 너희 집으로 이 로봇을 보내라고 하시면서 뭐라고 하셨더라? 아, 그래. '어리석은 인간들이 내가 늪처럼 비참한 지구 행성에 없다는 사실을 모르게 하라.'고 하셨어."

내가 아는 클로드의 말투였다. 그렇지만 클로드가 어디에 있는지는 여전히 몰랐다.

플로피는 클로드가 왈크스와 함께 떠난 '무궁무진'에 대해 설명해 주었다. 멀기도 멀고 엄청 무서운 곳이라는 소리로 들렸다.

"아, 두려워하지 마, 작은 인간. '무궁무진'은 우주가 시작된 요람이고, 고작 몇십 억 광년 떨어진 거리에 있을 뿐이야. 모두 그곳에 모여 다음 우주 황제가 누가 될지 지켜보고 있어." 플로피가 말했다.

"뭐라고?"

"너도 알잖아, 만물을 지배하는 존재 말이야. 학교에서 가르쳐 주지 않았어?"

"어, 전혀."

"와, 주인님이 맞았네. 인간들의 학교는 정말이지 쓸모가 없구나." 플로피가 낮은 목소리로 중얼거렸다.

"어쨌든, 위대한 지도자님은 우주 황제 선거에 출마하셨어!" 캣드로이드가 고개를 갸우뚱하며 눈을 깜빡이자 눈에서 또 레이저가 나와 식탁을 그슬렸다.

"그만해!"

"미안, 제대로 작동하지를 않네. 지구의 자기장이 조종 장치에 영향을 주는 것 같아." 플로피가 말했다.

"플로피, 황제 선거에 대해 더 듣고 싶어. 하지만 그 전에 이 캣드로이드를 고치는 방법 먼저 알려 줘. 이러다가 우리 집이 다 불타 버리겠어." 내가 말했다.

30장

현명한 거북이들과의 오랜 논의 끝에 브라그녹스가 다음 시험이 뭔지 알려 주었다.

"두 번째 시험은 '지혜'에 관한 것입니다. 위원회는 당신이 공정하고 정의로운 황제가 될 것인지를 판단하기 위해 한 가지 중요한 질문을 할 것입니다."

머리가 바쁘게 굴러갔다. 무슨 질문일까? 자국민을 염탐하는 가장 좋은 방법을 물으려나? 부하들에게 굴욕감을 줘야 하는 때가 언제인지를? 아니면 불멸의 신과 같은 통치자가 경배받아 마땅한지를? 훌륭한 통치자라면 누구나 답할 수 있어야 하는 질문들이었다.

"'현명한 위원회'에서 던지는 가장 중요한 질문입니다. '왜'?" 브라그녹스가 지팡이로 나를 가리키며 말했다.

나는 눈을 깜빡였다.

"다시 한번 말해 주시겠습니까? 뭔가 놓친 것 같아서요." 내가 말했다.

"그러니까…… '왜'?" 브라그녹스가 머리 위로 지팡이를 들어 올리며 말했다.

"왜라니, 뭐가 왜죠?"

"그냥…… '왜'?"

무슨 수수께끼인가? 이런 밑도 끝도 없는 질문에 어떻게 답하라고?

"좀 더 구체적으로 설명해 주실 수 없을까요?" 내가 최대한 정중하게 물었다.

"질문에 질문하지 마시오! 고양이여, 질문에 답을 하시오. 위원회의 인내심이 바닥나고 있으니." 브라그녹스가 으르렁거렸다.

나는 불편해지기 시작했다. 몸에 걸친 형편없는 스웨터 때문만은 아니었다. 이 질문은 엉터리였다! 그렇지만 되지도 않는 소리라고 단정하기도 어려웠다. 이 등딱지 파충류는 태곳적부터 우주에서 가장 지혜로운 생명체였다.

그들은 내가 왜 황제가 되고 싶은지를 알고 싶은 걸까? 아니면 고양이들이 왜 다른 모든 생명체보다 눈에 띄게 뛰어난지를? 그것도 아니면 그들은 '왜'라는 모든 질문에 대한 답을 찾는 걸까?

"고양이여, 위원회에서 답을 기다리고 있습니다." 브라그녹스가 으르렁거리듯 말했다.

나는 거북이들 쪽으로 몸을 돌려 그들을 마주 보았다. 거북이들의 속을 알 수 없는 까만 눈이 나를 뚫어지게 들여다보고 있었다.

"'왜?'라는 질문의 답은 한 가지입니다. 그 답은…… '왜 안 돼?'입니다." 나는 최대한으로 가장 당당하게 말했다.

거북이들이 서서히 고개를 끄덕이기 시작했다.

말 그대로 느릿느릿 천천히.

31장

“작은 인간, 너한테 묻고 싶은 게 정말 많아.” 플로피가 말했다. 우리는 클로드가 몰래 숨겨 놓은 도구를 샅샅이 뒤지고 있었다.

“지구 고양이들은 정말로 이 고양이 화장실에서 볼일을 봐? 그리고 인간들이 그걸 퍼내서 모은다는 게 사실이야? 지구 행성의 풍습은 꽤나 흥미롭네.”

때마침 나는 펜치를 찾아냈다. 가상 현실 헤드셋 ‘비전 퀘스트 울트라’ 밑에서 말이다. 클로드는 이 헤드셋으로 정신 지배 장치를 만들려고 했다.

“그런 얘기라면 나중에 하자. 눈에서 레이저가 안 나오게 하는 방법부터 알려 줘.” 내가 말했다.

“먼저 머리를 떼야 해.”

“알았어. 어떻게 하면 되는데?”

“코를 세게 누르고, 귀를 뒤로 밀어…… 그렇지!”

플로피의 말대로 하자, 캣드로이드 머리가 툭 하고 떨어졌다.

그래, 인정한다. 조금은 소름 끼쳤다. 머리를 탁자 위에 올려놓았는데도 계속해서 말할 때는 더 그랬다.

"이제 인공 뇌간 옆에 있는 연결부 볼트를 풀어서 빼."

그게 어디 있는지를 물으려는 그때, 계단 위쪽에서 삐거덕하며 문이 열리는 소리가 들렸다. 나는 그대로 얼어붙었다.

"라지! 금요일인 건 알지만, 시간이 너무 늦었어. 그만 자야지." 엄마가 외쳤다.

"내려오지 마세요! 어, 제가 금방 올라갈게요. 학교 과제 중이라서요…… 그러니까 나폴레옹 조사 말이에요!" 내가 캣드로이드의 머리 위로 담요를 덮으며 말했다.

"아, 학교 숙제라면 좀 더 있다 와도 괜찮아." 엄마가 이렇게 말하며 문을 다시 닫았다.

"하마터면 큰일 날 뻔했네." 담요 아래에서 고양이 머리가 말했다.

플로피와 함께하는 작업은 클로드와 순간 이동 장치를 만들던 때와는 완전히 달랐다. 우선 플로피는 내게 소리를 지르지 않았다. 내가 미세 구동 기기 앞에서 어찌할 바를 모르고 있을 때조차 말이다.

"이제 Z 접속점에 연결해서 그걸 껐다 켜면……."

면도날처럼 날카로운 캣드로이드의 발톱이 들어갔다 나왔다 했다.

"저기, 플로피?"

"으악, 접속점이 틀렸어. 저 발톱에 살점이 다 날아가기 전에 꺼 놓는 게 좋겠어. Z 접속점은 네 왼쪽으로 65도 지점에 있어." 플로피가 말했다.

잔뜩 긴장한 탓에 땀이 뚝뚝 떨어졌지만, 결국 나는 발톱과 레이저를 해제하는 데 성공했다.

"여, 인간, 너 꽤 괜찮은 로봇 기술자로구나. 주인님이 너에 대해 왜 그렇게 지독한 말만 늘어놨는지 모르겠네." 캣드로이드 머리가 말했다.

"클로드는 모두한테 그래. 하지만 진심으로 하는 말은 아니야." 내가 말했다.

"오, 아니. 그분은 완전 진심이야."

나는 멈칫했다. "그렇지만 클로드가 하는 그 지독한 말들이 전부 진심이라면, 클로드는 꽤 무서운 황제가 되지 않을까? 과연 우주 전체를 책임질 수 있을까?"

"글쎄, 지난 몇천 년 동안 대부분의 황제는 일일이 나서서 간섭하진 않았는데, 너도 그분을 알잖아. 아마도 개가 하는 모든 행동을 법으로 금지하고, 우주 만물의 털에 자기 이름을 새기는 말도 안 되는 일을 벌일지도 모르지."

"클로드가 지구로 다시 돌아올까?"

"그럴 가능성은 거의 없다고 봐야지. 굳이 왜 그러겠어? 거인이 득실거리는 이곳은 완전 공포 특집인데! 음, 그러니까 내 말은, 너한테는 여기가 좋은 곳이겠지만. 그나저나 이제 머리를 다시 끼울 준비가 됐으니까……."

나는 한숨을 쉬었다. 그런 다음 다시 작업에 들어갔다. 플로피가 한 말들이 맞지 않기를 바랄 뿐이었다.

32장

브라그녹스가 '현명한 위원회'와 논의하는 동안 나는 만족감에 가르릉거렸다. 다른 어떤 후보도 거북이들의 질문에 이렇게 현명한 대답을 하거나, 나만큼 훌륭하게 노래하지 못한 게 틀림없었다. 비록 똑 부러지게 소리 낸 음이 단 하나이기는 했지만 말이다.

논의를 끝낸 브라그녹스는 진지하게 고개를 끄덕이고는 나에게 되돌아왔다. "세 번째이자 마지막 시험은 지도자가 갖춰야 하는 가장 중요한 자질인 '용기'를 확인합니다."

마침내 전투 능력을 보일 때가 온 것이다!

브라그녹스가 더 가까이 다가와 속삭였다. "고양이여, 말해 보시오. 당신이 가장 경멸하고 두려워하는 것과 맞서 싸울 준비가 되었습니까?"

"물론입니다. 저는 모든 것을 경멸하고, 아무것도 두려워하지 않습니다!"

"아주 좋습니다. 그렇다면 당신은 분명 이번 시험을 무사히 통과할 것입니다!"

브라그녹스가 들고 있던 지팡이를 바닥에 세 번 두드렸다. 우레와 같은 소리가 나며 지진이 일어난 듯 방이 흔들렸고, 바닥은 금이 가며 갈라졌다. 나는 놀라서 뒤로 뛰었고, 벽은 덜덜 떨리고 천장에서는 비 오듯 돌이 쏟아졌다.

이제야 흥미로워지는군.

나는 떨어지는 종유석을 우아하게 피하면서 지금 있는 이 별 전체가 이대로 무너져 내릴지도 모른다고 생각했다. 얼마나 신날까! 나는 지진을 정말 좋아했다.

그런데 그때, 브라그녹스가 지팡이를 세 번 더 두드리자 흔들림과 떨림이 멎었다. 바닥이 갈라지면서 생긴 깊은 구덩이는 고양이가 열은 빠질 만큼 넓었다.

나는 끝까지 단단한 땅 위에 서 있었고, 만족감에 가르릉거렸다. 이번 시험은 별것 아니었다!

"세 번째 시험까지 통과했으니 황제 즉위식을 준비하시죠. 개막 행사에서 개를 몇천쯤 제물로 바쳤으면 합니다."

그러나 브라그녹스는 고개를 저었다. "시험은 시작도 안 했습니다." 브라그녹스는 거대한 발을 구덩이 속에 쑥 넣었다.

"이것이 마지막 세 번째 시험입니다." 브라그녹스가 구덩이에 넣었던 발을 꺼내 올렸을 때, 우주에서 가장 불쾌한 물질이 뚝뚝 떨어졌다.

'물'이었다.

"이 무슨……. 나, 나더러 뭘 어쩌라는 말이죠?" 나는 말을 더듬거렸다.

"'현명한 위원회'는 당신이 저 안으로 들어가기를 바랍니다."

나는 충격에 빠져 거북이들을 빤히 쳐다보았다. 나보고 물에 들어가라고? 이런 악랄한 불한당을 봤나! 보통 나는 이 말을 칭찬의 의미로 쓰지만, 이번만큼은 아니었다. 제아무리 최악의 적이라 해도 물에 들어가는 형벌은 내리지 않았다.

"시간이 됐습니다, 고양이여." 브라그녹스가 말했다.

나는 이를 악물었다. 만물을 지배하기 위해서라면, 무슨 일이든 할 수 있었다. 이마저도.

나는 물가로 걸어갔다. 잠시 망설이다가 앞발을 살짝 물에 적셨다.

속이 울렁거렸다. 나는 마음을 다잡고 발 전체를 물속에 담갔다. 하지만 본능적으로 곧장 발을 빼고 말았다.

"이 정도면 됐죠?" 내가 기대하며 물었다.

브라그녹스가 고개를 저었다.

"그대는 물속으로 잠수해야 합니다. 완전히." 브라그녹스가 말했다.

진담은 아니겠지! 지구에 도착한 이래로 이 정도까지 혐오감을 느낀 적은 없었다. 추방당했다는 불쾌감, 개들한테 사과했다는 수치심, 적들에게 패하고 맛본 굴욕감 등 그 무엇도 비할 바가 아니었다.

나는 자비를 바라며 '현명한 위원회'를 바라봤지만, 파충류들의 얼굴은 차갑기만 했다. 내게는 선택의 여지가 없었다.

나는 숨을 들이마시고 물속으로 뛰어들었다.

소름 끼칠 정도로 차가운 물이 내 코와 귀로 들어왔고, 콧수염은 섬뜩함으로 얼어붙었다. 나는 볼 수도, 숨을 쉴 수도 없었다! 나는 미친 듯이 네발을 허우적거리며 물가로 나와 땅을 움켜쥐고는 캑캑거리고 쉿쉿거렸다.

내가 검은 물에서 빠져나와 흠뻑 젖은 몸으로 덜덜 떨

고 있을 때, 거북이들은 다시금 고개를 끄덕이고 있었다.

나는 그 어느 때보다 나의 승리를 확신했다.

33장

"라지, 무슨 일이야? 오늘 진짜 형편없네." 화면에 '게임 오버'라는 글자가 뜨자 스티브가 물었다.

오늘은 토요일이었고, 우리는 옛날 게임을 할 수 있는 오락실에서 만났다. 나는 보통 〈미즈 팩맨〉을 하면 바나나 레벨까지는 무난하게 깼는데, 오늘은 딸기 레벨도 넘지 못했다.

"어, 역사 조별 과제에 정신이 팔려서 그런가 봐." 내가 말했다.

하지만 진짜로 내 머릿속을 어지럽히는 것은 클로드가 집으로 돌아오지 않을 수 있다는 생각이었다. 그런데 그 일이 정말 가능할까? 클로드가 우주 황제가 될 수 있을까? '선량한 동물 단체'의 회원으로서? 사실 너무 말도 안 되는 소리라 걱정할 필요조차 없었지만, 캣드로이드를 고치며 거의 밤을 새운 탓인지 그런 생각이 들었다.

"〈스페이스 인베이더〉 할래? 이 게임은 실력 발휘를 할 수 있을지도 몰라." 스티브가 말했다.

"나랑 같이 핀볼 할 사람?" 시더가 물었다.

"시더, 이번 주 게임 허용 시간을 벌써 다 쓴 거야? 엄마 아빠한테 이 오락실 게임들은 아주 옛날 거라서 시간 계산에 넣으면 안 된다고 말씀드려." 스티브가 말했다.

"그게 아니라, 핀볼이 더 재밌어서. 아니면 에어 하키는 어때?" 시더가 물었다.

"거기, 조무래기들!"

뒤를 돌아보자, 스콜피온이 있었다. 웬일로 뉴트는 같이 있지 않았다. 혹시 뉴트가 집에 박혀 우리 조별 과제를 하는 걸까?

그럴 가능성은 낮았다.

"그래서 너희 찌질이 중에 누가 〈프로거〉로 박살 나고 싶어?" 스콜피온이 물었다.

"그 게임은 라지가 진짜 잘해! 넌 상대도 안 될걸." 시더가 말했다.

"어, 꼭 그런 건 아니고……." 내가 말했다.

"내가 지면 아이스크림 살게. 큰 걸로." 스콜피온이 말했다.

"하지만 지금 아침 10시 반인데." 내가 말했다.

"뭐야, 겁먹은 거야?"

"아니. 그냥 아직 아침도 먹기 전이라서. 이렇게 이른 시간부터 아이스크림을 팔려나?"

놀랍게도 팔고 있었다. 그리고 불행하게도 나는 스콜피온에게 초콜릿과 바닐라가 섞인 와플콘 아이스크림을 사 줘야 했다. 스콜피온은 아이스크림을 먹으면서 나를 계속 놀려 댔다. 나는 궁금해지기 시작했다. 만약 클로드가 만물을 다스리는 황제가 된다면, 스콜피온이 나한테 친절하게끔 만들 수 있을까?

34장

나는 '무궁무진 모텔'에 묵고 있는 '선동단'의 방으로 돌아왔다. 왈크스가 '시간의 신전'에서 무슨 일이 있었는지 알려 달라고 졸라 대는 동안 나는 털에 묻은 끔찍한 액체를 핥았다.

"그 얘기를 입 밖으로 꺼내면 죽게 된다는 조건이 있어서 말할 수 없어. 하지만 이건 말해 주지. 다른 어떤 후보도 나만큼 잘하진 못했을 거야." 내가 말했다.

"'현명한 위원회'에서 있었던 일을 말해 줄 수 없으면, 대신 잠자리 동화라도 들려줄래? 세 가지 소원을 들어주는 마법의 뼈 얘기 알아?" 왈크스가 말했다.

"오! 아니면 멈추지 않고 음식이 계속 나오는 그릇 얘기!" 다른 잡종 개가 끼어들어 말했다.

내가 눈앞의 개들을 모조리 혼내 줄까 말까 고민하는데, 토끼 하나가 문을 박차고 들어와 말했다. "횃불에 불이 켜졌고, 새들이 떼 지어 나왔어요! '현명한 위원회'가 결정을 내렸습니다."

결정되었다! 나는 네발로 힘차게 달려 나가 '영원의 계단'에 모인 후보들과 함께 섰다. 계단 아래쪽의 군중들은 기대에 차서 숨을 헐떡였다.

"팡그 야옹이, 파이팅! 조크가 널 응원한다!" 조크가 외쳤다.

'사고지연'의 나머지 회원들이 소란스레 환호하는 반면 '선동단'은 점잖게 박수를 쳤다. 어느 토끼는 '우리는 너를 믿어, 클로드 친구!'라고 적힌 팻말을 흔들었다.

앞으로 나온 브라그녹스가 지팡이를 머리 위로 들어 올렸다.

"들으시오, 우주 생명체들이여! '현명한 위원회'가 다음 우주 황제를 정했습니다." 브라그녹스가 크게 외쳤다.

모든 동물이 숨을 죽였다.

"큐빕! '설치류의 진보파 단체' 후보는 앞으로 나오시오!"

이빨이 툭 튀어나온 설치류 무리가 승리의 함성을 질렀다. 이게 무슨 말도 안 되는 소리지? 비버가 이겼다고? 이 녀석은 왈크스보다도 훨씬 바보였다!

브라그녹스는 다시 한번 지팡이를 들어 올려 모두를 조용히 시켰다.

"큐빕. 당신은 아니다."

나는 안도의 한숨을 내쉬었고, 팡그는 큐빕이 우스꽝스러운 꼬리를 땅에 질질 끌며 터덜터덜 떠나는 모습을 보고 킥킥거렸다.

다른 후보들, 그러니까 버펄로, 울버린, 다람쥐의 희망이 하나씩 무너졌고, 결국 계단에는 팡그와 나만 남았다.

"이 정도면 잘한 겁니다, 귀여운 클로드. 2등은 했으니까요. 개와 인간 들이 무척이나 자랑스러워할 겁니다." 팡그가 쉿쉿거렸다.

"1등은 나야. 말해 봐, 팡그. 요즘 '사고지연'에서는 패배자한테 어떤 벌을 주지? 닭꼬치처럼 꼬챙이에 꿰어 불에 굽나?" 내가 맞받아치며 쉿쉿거렸다.

그런데 팡그가 대답하기 전에 브라그녹스가 지팡이를 들어 올렸다. "다음 우주 황제는 바로……."

내 콧수염이 기대감에 떨렸다. 바로 나일 것이다. 반드시 나여야만 한다!

모든 군중이 몸을 앞으로 기울이며 브라그녹스의 발표를 기다렸다. 하지만 브라그녹스는 머뭇거렸고, 털이 텁수룩한 얼굴에 불편한 표정이 떠올랐다.

"이 두 고양이 중 하나일 텐데……. 전에는 한 번도 이런 일이 없었는데. '현명한 위원회'가 동점을 선언했습니다!"

동점이라고? 어떻게 그럴 수가 있지?

브라그녹스가 우리 쪽으로 돌아서서는 어깨를 으쓱했다. "거북이들은 모든 면에서 두 고양이의 우열을 가리기가 어렵다고 판단했습니다."

어처구니없는 일이었다! 그 작은 눈의 바보들이 훌륭한 황제감인 이 위스쿠즈와 교활한 말만 늘어놓는 비열한 녀석의 차이를 알지 못하다니.

"고양이들이여, 쉿쉿거릴 필요는 없다. '현명한 위원회'는 무한한 지혜로 해결책을 제시했다. 누가 더 나은 고양이인지를 알아낼 방법은 딱 한 가지다. 그것은 고양이들이 문제를 해결할 때마다 늘 써 온 방식이다."

"당신 말은……." 내가 입을 열었고, 팡그가 껴들어서는 이어 말했다. "'나뭇가지 결투' 말입니까?"

브라그녹스가 고개를 끄덕였다. 군중들은 포효하며 아주 요란하게 발을 굴렀다. 마치 빛을 잃은 이 별 전체가 다시금 지진으로 흔들리는 느낌이었다.

35장

나는 농구 연습을 마치고 곧장 집으로 달려갔다. 화요일은 '타코의 날'이기 때문이다! 집에서 한 블록 떨어진 곳에서부터 토르티야 냄새가 나는 것 같았다. 하지만 집에 들어갔을 때 타코는커녕 엄마 아빠도 없었다. 대신 조리대에 쪽지가 놓여 있었다.

'라지, 아빠랑 엄마는 물리학 강연에 갔다 올게. 냉장고에서 맥앤드치즈를 꺼내 먹으렴. 사랑하는 엄마가.'

아, 뭐, 이것도 나쁘진 않았다. 맥앤드치즈를 전자레인지에 데우고 있는데 캣드로이드가 부엌 조리대 위로 풀쩍 뛰어올랐다.

"그거 줘." 캣드로이드는 당당히 요구했다.

"하, 말하는 게 꼭 클로드 같네." 나는 뜨거운 그릇을 꺼내며 말했다.

내가 캣드로이드를 쓰다듬으려고 손을 뻗자 캣드로이드는 이빨을 드러내고 등을 둥글게 굽혔다. "그 맨송맨송한 거미 발 같은 손 치워."

나는 포크를 떨어뜨릴 뻔했다. "클로드, 너야? 돌아왔구나!"

"관찰력은 아직 죽지 않았네. 이제 그 치즈 범벅 내놔." 클로드가 말했다.

"사과하기 전에는 안 돼! 네가 또 한 번 말도 없이 떠나다니, 믿을 수가 없어. 게다가 로봇 고양이로 날 속이기까지 하고 말이야." 내가 말했다.

"아, 라지, 이거 정말 미안해서 어쩌니." 클로드는 엄청 빈정대는 투로 말하고는 그릇에 담긴 맥앤드치즈를 먹기 시작했다.

나는 더 화를 냈어야 했지만 클로드가 돌아와서 마냥 좋았다.

"네가 돌아왔다는 건, 우주 황제가 되는 걸 포기했다는 뜻이지?"

클로드가 쉿쉿거렸다. "당연히 아니지, 인간! 그저 내 대관식이 늦어지고 있을 뿐이야. 마지막 대결이 하나 남아서 그거 때문에 우리가 지구로 돌아온 거야."

"잠깐만, '우리'라고? 우리가 누군데?" 내가 물었다.

"불행히도 그 멍청이 개랑 같이 왔거든." 클로드가 입안에 맥앤드치즈를 가득 넣고 말했다.

나는 쏜살같이 마당으로 나갔다. "왈크스? 왈크스, 너 여기 있니?"

그러자 왈크스가 덤불에서 나와 미친 듯이 꼬리를 흔들었다. 왈크스는 위아래로 펄쩍펄쩍 뛰며 내가 침 범벅이 되도록 핥았다.

"라지, 내가 다시 돌아올 거라고 했잖아! 테니스공 있어?"

"물론이지!"

나는 왈크스와 하는 공 물어 오기 놀이가 얼마나 재밌는지, 그리고 왈크스가 얼마나 높이 뛸 수 있는지를 잊고 있었다.

"난 계속해서 실력을 키워 왔다고." 왈크스가 자신 있게 말하며 내 발 앞에 테니스공을 떨구었다.

내 뒤쪽에서 쉿쉿거리는 소리가 들렸다.

"두 잡종끼리 시시덕거리는 불쾌한 짓은 그만해. 훈련을 시작할 시간이라고. 지금 당장!" 클로드가 말했다.

"선량한 동물은 그렇게 말하지 않아. 좀 '발'전적으로 말할 순 없어? 알아들었어? 우리 둘 다 '발'이 있으니 말이야. 모르겠으면…….” 왈크스가 말했다.

“우리도 알아들었어.” 클로드와 나는 동시에 끙 하고 신음했다.

나는 마지막으로 한 번 더 테니스공을 던졌다. 왈크스의 공 물어 오기 실력은 훨씬 더 좋아졌는지 몰라도 유머 감각만큼은 여전히 별로였다.

36장

나는 신속히 대관식을 치르고 이 지긋지긋한 지구를 하루빨리 벗어나고 싶었지만, 지금은 그냥 비참하고 낙후된 이곳에 일주일은 더 있어야 한다는 사실을 받아들인 상태였다. 자꾸만 미뤄지는 일정에 짜증이 나긴 해도 긍정적인 면이 하나 있었다. 팡그를 완전히 뭉개 버릴 기회를 얻었다는 것.

왈크스는 '나뭇가지 결투' 훈련을 도울 수 있다고 우겨댔는데, 말도 안 되는 소리였다. 내가 침 흘리는 법을 배우고 싶은 게 아닌 이상, 털만 황금색인 얼간이에게서 배울 건 아무것도 없었다. 그런데 그때 왈크스를 써먹을 방법이 떠올랐다.

"그래, 내가 어떻게 도와줄까, 선량한 친구?" 왈크스가 물었다.

"딱 서 있어."

"그리고?"

"그거면 돼. 너는 내 발톱을 시험해 볼 연습용 인형이니까." 내가 말했다.

소년 인간이 걱정스러운 표정으로 물었다. "그러다 왈크스가 다치는 거 아냐?"

"라지, 걱정하지 마. 저 작은 야옹이 발톱으로는 흠집도 내지 못할 테니까." 왈크스가 말했다.

"연습용 인형이 무슨 말을 해." 나는 이렇게 말하고 바로 공격했다.

'날아서 칼날 할퀴기'! '다섯 칼날 휘두르기'! 내가 연속해서 옆구리를 타격했지만, 이 짐승은 털이 너무 두툼해서 내 공격을 알아차리지도 못했다. 그 자리에 선 채로 숨을 헐떡이며 꼬리만 흔들어 댔다.

다음으로 나는 개의 주둥이를 목표로 '앞발 눌러 찍기' 자세를 취했다.

"이봐, 클로드. 얼굴은 안 돼." 왈크스가 말했다.

"아, 안 돼? 그럼 이건 어떠냐!" 나는 왈크스의 크고 축축한 코에 가차 없이 '초승달 발톱 치기' 공격을 날리고는 착지했다.

잡종 개의 고통스러운 울음소리는 금세 분노에 찬 울부짖음으로 바뀌었다. 나는 뿌듯한 마음에 가르릉거리며 전략적 후퇴를 위해 나무 위로 잽싸게 올라갔다.

왈크스는 내 꽁무니를 바짝 쫓아오더니, 무딘 발톱으로 나무껍질을 긁으며 마구 짖어 댔다.

"왈크스! 조용히 해! 네가 여기 있는 걸 절대 들키면 안 된다고!" 소년 인간이 말했다.

왈크스는 즉각 바닥에 엉덩이를 깔고 앉았다. "미안해, 라지. '착한 개' 어록에는 이런 말이 있어. '때때로 본능 때문에 마음대로 안 되는 경우가 있다.'"

“너희들, 잠시 휴전하면 어때? 왈크스, 공 물어 오기 놀이나 한 판 더 할까?” 소년 인간이 말했다.

“좋지.” 왈크스가 꼬리를 흔들며 대답했고, 둘은 마당 한편으로 자리를 옮겼다.

저 잡종 개가 심장이 뛰는 밧줄 조각상일 뿐, 별 도움이 안 된다는 사실을 빨리 깨달아서 다행이었다. ‘나뭇가지 결투’는 훨씬 더 우월한 생명체인 고양이와의 대결이었고, 그 고양이는 ‘냥짓수’의 달인이기도 했다. 제대로 된 훈련을 하려면 다른 연습 상대가 필요했다.

37장

나는 자습 시간에 도서관에서 뉴트를 만났지만, 조별 과제는 별로 생각하고 싶지 않았다. 지금 집에서는 예비 우주 황제 고양이와 우주 경비대 개가 무술 연습을 하고 있었으니까. 얼마나 재미있을까! 하지만 뉴트는 이제야 조별 과제에 집중할 준비가 되어 있었다. 그게 썩 좋은 일은 아니었다.

나는 슬라이드를 거의 다 만든 상황이었기에, 뉴트가 그저 내 작업물을 보고 나서 괜찮다고 말해 주기만을 바랐다. 그런데 뉴트는 슬라이드를 휙휙 넘기면서 질색하는 표정을 지었다.

"너무 심심한데. 극적인 뭔가가 더 있어야겠어." 뉴트가 말했다.

"난 괜찮은 것 같은데." 나는 슬라이드를 고치고 싶지 않아서 대꾸했다.

"더 좋아질 방법을 내가 알아. 바로 이거야!" 뉴트가 휴대폰을 꺼내며 말했다.

뉴트는 '영화 예고편 마스터'라는 앱을 열고는 자기가 만든 영상을 재생시켰다. 그것은 뉴트가 인터넷에서 내려받은 나폴레옹과 관련된 이미지들이었는데, 배경 음악이 깔린 화면이 정신없이 지나갔다. 이어서 뉴트의 목소리가 흘러나왔는데, 무슨 효과를 썼는지 어른스러워진 데다 무섭기까지 했다.

"모든 희망이 사라진 세상…… '공포 정치' 시대를 포기하지 않은 한 남자가 있었습니다. 그는 다른 사람들보다 키는 작았지만, 수많은 대군을 거느리고 있었습니다…… 바로 '나폴레옹'입니다!"

마지막 이미지는 특수 효과 때문에 나폴레옹이 불타는 것처럼 보였고, 이어서 커다란 입체 글자로 그의 이름이 나타났다.

"완전 멋있지? 그렇지?"

나는 말문이 막혔다. 왜냐하면 역사 과목에서 낙제할 게 뻔히 보였기 때문이다.

그때 종이 울렸다. "어, 내일 얘기하자."

나는 내 물건을 챙겨서 서둘러 밖으로 나왔다.

내가 집에 도착했을 때 왈크스는 뒷마당의 커다란 떡갈

나무 아래에 앉아 나뭇가지를 올려다보고 있었다. 왈크스는 귀를 쫑긋 세웠고, 그 주변으로 나뭇잎이 떨어졌다. 그리고 끔찍한 울음소리가 들리더니, 나무 위쪽에서 회색 털 뭉치 같은 게 튀어나왔다. 그것은 쿵 하는 소리와 함께 잔디로 떨어졌다.

"클로드!" 내가 소리쳤다.

"걱정하지 마, 라지. 저건 캣드로이드니까." 왈크스가 말했다.

"여, 작은 인간!" 몸을 일으키는 X2에서 플로피의 목소리가 흘러나왔다. 캣드로이드의 머리는 이상하게 꺾여 있었고, 한쪽 다리는 부러진 듯 보였다. X2가 로봇이라는 것을 아는데도 아파 보였다. 그렇지만 X2는 윙윙거리면서 여기저기를 돌리더니 금세 다시 멀쩡해졌다.

"또 올라가야겠네." 플로피가 한숨을 쉬며 캣드로이드를 나무 위로 기어오르도록 조종했다.

"오늘 하루 종일 이랬어. 플로피는 2분도 못 버티고 떨어져." 그러더니 왈크스가 클로드에게 소리쳤다.

"팡그가 플로피만큼 '냥짓수'를 못한다면 넌 이미 황제가 된 거나 마찬가지야!"

클로드가 나뭇잎 사이로 머리를 쑥 내밀었다. "팡그는 '냥짓수'의 달인이야. 꼴사나운 내 부하 녀석과는 완전히 달라! 플로피는 전사가 아니라 컴퓨터 기술자같이 싸우잖아."

"그렇지만 저는 컴퓨터 기술자인걸요. '냥짓수' 학원에서 절 낙제시킨 이유가 있겠죠. 제가 영 별로라면 다른 연습 상대를 구하시는 게 좋겠습니다. 오, 전지전능한 악당이시여!" 플로피가 말했다.

"저기, 얘들아. 나도 있는데?" 내가 말했다.

"너? 너는 우주 잡종 개보다 덩치도 더 크고 훨씬 어설프잖아. 게다가 네 피부는 연약하기 짝이 없지." 클로드가 말했다.

"아니, 내가 '비쾌' 헤드셋으로 캣드로이드를 조종하면 어떻겠냐고? 플로피라면 2초 만에 실행 프로그램을 짤 수 있을걸. 난 그냥 게임처럼 하는 거지! 클로드, 너도 알지? 내가 〈정예 요원 닌자〉를 얼마나 잘하는지."

"뭐, 플로피보다 '냥짓수'를 더 못하지는 않겠지." 클로드가 으르렁거리듯 말했다.

"그렇다고 봐야겠지. 플로피, 내가 나쁜 뜻으로 한 말은 아니에요." 왈크스가 말했다.

"알아요. 그리고 저도 나무에서 떨어지는 것보다는 프로그램을 짜는 편이 훨씬 나아요." 플로피가 말했다.

"그럼 얼른 해." 클로드가 말했다.

왈크스가 헐떡이며 나를 바라보았다. "우리가 공 물어오기 놀이 시간을 번 것 같은데!"

38장

내 부하는 캣드로이드에 '비퀘'를 성공적으로 연결했고, 소년 인간이 X2의 조종을 넘겨받았다. 소년 인간은 놀랍도록 능숙하게 캣드로이드를 조종했고, 고양이 무술을 배우는 데에도 재능을 보였다. 가끔 엄마 인간은 게임을 하는 소년 인간에게 '과하다'거나 '헛되다'는 말을 하곤 했지만, 소년 인간은 게임을 통해 쓸모 있는 기술을 배운 게 분명했다.

엄마, 아빠 인간이 일을 마치고 돌아오기 직전, 왈크스와 캣드로이드는 몸을 숨기기 위해 지하 벙커로 내려갔다. '원기 회복 낮잠'을 자고 난 나도 소년 인간이 음식을 가져다주기를 기다리며 지하 벙커로 갔다.

"엄마 아빠는 거실에서 텔레비전을 보고 계셔. 그러니까 목소리를 낮춰, 알았지?" 드디어 나타난 소년 인간이 말했다.

소년 인간은 맛있게 생긴 구운 치즈샌드위치를 삼각형으로 잘라 내게 주었다. 왈크스에게는 인간들이 '고양이 밥'

이라고 부르는, 냄새나는 진흙 같은 게 담긴 통조림 캔을 까서 줬다. 무슨 이유에서인지 왈크스는 그것을 좋아했다.

내가 막 소년 인간에게 제대로 된 '날아서 칼날 할퀴기' 동작을 가르치려는데, 건방진 잡종 개가 끼어들었다.

"저기, '냥짓수' 연습도 좋지만 '착한 개' 어록에 '진정한 전투는 짖거나 물어뜯는 것이 아니라 머리로 하는 것이다.'라는 말이 있거든. 진짜로 팡그를 이기는 데 도움이 될 것 같은데."

나는 역겨워서 침을 탁 뱉었다. "노련한 '냥짓수' 전사를 개들의 머리로 물리칠 수 있다고 여기는 거야? 넌 내 생각보다도 훨씬 멍청하네!"

"사실, 클로드, 나는 왈크스의 말에 일리가 있는 것 같아. 이런 말 하기 좀 그렇지만, 너희가 마지막으로 싸웠을 때 팡그가 이기지 않았어?"

내가 쉭쉭거렸다. "그건 순전히 운이었어."

"들어 봐, 착한 친구. 너랑 팡그는 둘 다 '냥짓수'의 달인이잖아. 둘 다 리티르복스를 지배했고, 둘 다 추방당했지. 그리고 이제는 둘 다 우주를 지배하고 싶어 해." 왈크스가 말했다.

"안 그런 고양이도 있나?" 내가 침을 뱉으며 말했다.

"내 말은, 너희가 너무 비슷하다는 거야. 그래서 '현명한 위원회'도 너희 중 하나를 결정하지 못한 게 아닐까? 팡그를 이기고 싶다면, 너는 뭔가 다른 걸 해야 해."

"닥쳐, 이 똥개야! 말도 안 되는 소리를 하고 있어!"

하지만 왈크스는 물러서지 않고 말했다. "네가 개처럼 생각하는 법을 배우면, 너는 팡그가 무슨 생각을 하는지 알아도 팡그는 네 생각을 전혀 모르겠지."

"왈크스 말이 맞아." 소년 인간이 말했다.

"왈크스는 멍청이야." 내가 대꾸했다.

"팡그의 냄새를 맡는 것부터……." 왈크스가 말했다.

"싫어!"

"분명 팡그는 예상치 못한 일에 당황할 거야." 소년 인간이 고개를 끄덕이며 말했다.

왈크스는 나더러 팡그의 주둥이를 핥으라고도 제안했다. 상상조차 어려운 일이었다. 그런 다음에 꼬리를 물라고 했다.

"네가 말한 것 중에 그게 제일 나은데?"

"꼬리를 한 번 크게 문 다음에 팡그가 뒤쫓아 오면 최대한 빨리 도망치는 거지. 재밌겠지!" 왈크스가 말했다.

"공격하고 나서 꽁무니를 빼라고? 절대 안 돼! 고양이는 도망치지 않아. 고양이는 뛰어오르고! 공격하지! 와락 덤벼들고!" 내가 말했다.

"바로 그게 문제야. 고양이는 나무로 도망칠 땐 빨리 뛰지만, 그 이상으로 뛰면 금세 헐떡거리고 숨차 하잖아. 네가 지구력을 키우면 팡그를 이길 수 있어."

"맞아! 그게 바로 우리 농구 코치 선생님이 코트를 돌게 하는 이유야. 우리를 다른 팀보다 더 오래 버틸 수 있게 하려고." 소년 인간이 말했다.

개에게 조언을 듣는 것만으로도 충분히 기분 나쁜 마당에 이제는 소년 인간마저 개의 말을 두둔하다니? 이건 너무 심했다.

나는 바보들을 내버려두고 '전략 낮잠'을 잤다. 내가 '개처럼 생각하는' 품위 없는 짓을 하는 일은 절대 없을 것이다.

다만, 잡종 개와 소년 인간이 어리석기는 해도 체력에 대한 말은 어느 정도 맞을지 몰랐다.

39장

일요일, 늦잠을 자고 일어났을 때는 엄마 아빠가 이미 테니스 경기를 하러 나간 뒤였다. 나는 계속된 '냥짓수' 훈련으로 너무 피곤했다. 무술 훈련은 재미있으면서도 무척 힘이 들었다. 가상 현실로 캣드로이드를 조종한다고는 해도 나 역시 그 동작을 직접 해야만 했다. 왈크스 또한 클로드와 추격전을 연습하느라 지쳐 있었다. 그리고 허기져 있었다!

"이야, 이거 맛있다! 더 있어?" 왈크스가 행복한 표정으로 고양이 통조림 캔을 후루룩 소리 내어 먹었다.

"먹으면서 말하는 건 형편없는 식습관이야. 네 식사 예절은 인간들보다 더 끔찍하잖아." 클로드가 말했다.

"나도 어쩔 수가 없어! 진짜 맛있거든! 요리사에게 내 감사 인사를 전해 줘!" 왈크스가 꼬리를 흔들면서 말했다.

클로드는 쉿쉿거리면서 방을 나갔다.

나는 전혀 배가 고프지 않았다. 속이 메스껍기만 했다. 우리 집 고양이가 우주 황제가 될 확률은 반반이었다. 정말 끝내주는 일인데도 더는 클로드와 함께하지 못할까 봐 두려웠다. 만물의 지배자가 어디서 사는지는 모르겠지만 오리건주의 지하실은 아닐 거라는 확신이 들었다.

"왈크스, 네 생각엔 클로드가 이길 것 같아? 그러니까, 진짜로 말이야."

"글쎄. '착한 개' 어록엔 이런 말이 있지. '우리는 미래에 어떤 일이 일어날지 모른다. 그저 괜찮은 뼈도 있기만을 바랄 뿐이다.'"

"그런데 만약 '사악한' 뼈면 어떡해? 내 말은, 클로드가 이기고 나서도 선량하게 행동할까? 클로드가 '선동단' 회원이라는 건 알지만, 우주에 사랑을 퍼뜨리는 건 클로드에게 어울리지 않는 것 같아서."

"라지, 모든 동물은 바뀔 수 있어. 만약 클로드가 선량해졌다고 말한다면, 나는 클로드를 믿어." 왈크스가 말했다.

왈크스는 잠시 만족스러운 얼굴로 숨을 헐떡이다가 진지하게 이어 말했다. "하지만 내가 틀렸다면, 그럼, 클로드가 황제가 되는 일은 더 큰 그림을 위한 거라고 해 두자."

불현듯 나는 어떤 낌새를 맡았다. "잠깐만. 클로드를 '선동단'에 가입시키는 게 네 계획의 일부였어? 왈크스, 넌 클로드가 황제가 되기를 바란 거야?"

왈크스가 꼬리를 흔들기 시작했다. "여기서 나만 냄새를 잘 맡는 게 아니었네."

나는 더 묻고 싶었지만, 클로드가 쿵쿵거리며 부엌으로 들어왔다. 클로드는 '화물' 어쩌고저쩌고하며 소리치고 있었다.

"뭐?"

"X2는 어디 있지? 잡종 개 우주선 안에 없던데." 클로드가 따지듯이 물었다.

"잠깐만, 너 X2를 가져가려고? 그 말은, 나도 끼워 준다는 뜻이야? 진짜, 진심으로?" 내 목소리가 높아졌다.

클로드가 꼬리를 휙휙 움직였다. "맞아, 인간. 끼워 줄게. 환영한다."

나는 믿을 수가 없었다. 내 눈으로 '무궁무진'을 보게 되다니!

40장

'무궁무진'에 나와 똑같이 생긴 '도플갱어'를 데려가는 건 쓸모가 있어서였다. '사고지연'의 회원들은 이제 나와는 철천지원수이기 때문이다. 만약 내가 팡그와의 결투에서 이기면, 그들은 틀림없이 나를 암살하고 팡그를 황제로 세우려 들 것이다. 반대로 내가 지면, 그들은 재미로 나를 죽이려 들겠지. 어느 쪽이 됐든 대역을 써서 '사고지연' 회원들을 혼란스럽게 만드는 것은 훌륭한 계획이었다.

그러나 우주선이 '뉴웰리안 성운'을 지날 때쯤 나는 소년 인간에게 캣드로이드를 맡긴 걸 후회했다. 소년 인간은 진짜 우주선 '안'을 본다는 사실에 너무 들떠 있었기 때문이다.

"애들아, 방금 떠오른 건데, X2가 없으면 엄마 아빠는 클로드가 또 없어진 줄 알고 걱정하실 거야. 뭐라고 말씀드리지?" 소년 인간이 물었다.

"내가 어디에 있든 인간들이 알 바 아니라고 전해." 내가 쉿쉿거렸다.

인간이 함께인 것도 충분히 기분 나쁜 와중에, 우주선에 또 다른 승객까지 태워야 했다.

플로피였다.

“태워 주셔서 고맙습니다, 여러분. 무슨 일인지 팡그와 아코니우스가 저를 데리러 오는 걸 깜빡한 것 같네요. 말 안 해도 아시겠지만 분명 실수일 겁니다.”

“그래, 어련하시겠어.” 내가 대꾸했다.

“우아, 이게 바로 ‘퍼버그니안 원자로’인가요? 들어만 봤는데!” 플로피가 계기판을 보며 말했다.

왈크스가 꼬리를 흔들었다. “이런 걸 좋아하면, 이 중성자 배터리도 보세요. 반물질 응집기에 연결되어 있어요. 최신식 우주여행 기술이랍니다! 한번 조종해 볼래요?”

왈크스가 조종석에서 일어났다.

“그래도 돼요?” 플로피가 신이 나서 말했다.

왈크스는 내 부하에게 우주선 조종을 맡기고 나서 나를 보았다.

“자, 클로드, 널 위해 깜짝 선물을 준비했어. 짠! 네 스웨터를 약간 손봤어, 착한 친구!” 왈크스는 직접 뜨개질한 형편없는 옷을 들어 올리며 말했다.

나는 눈을 가늘게 뜨며 물었다. “여기 앞에 있는 흉측한 자수는 뭐지?”

“내가 한 땀 한 땀 바느질했어. 평화를 상징하는 기호야! 지구에서 알게 된 건데, ‘선동단’의 공식 마크로 쓰려고!” 왈크스는 자기 혼자 신나서 꼬리를 휘둘러 댔다.

“나는 그 혐오스러운 덮개를 내 몸에 걸치지 않아!”

왈크스의 꼬리가 멈췄다. “클로드, 너도 느꼈겠지만, 가끔 난 네가 정말 ‘선량한 동물’이 맞는지 확신이 안 설 때가 있어. 나는 네가 ‘선동단’에서 쫓겨나서…… 팡그와 결투할 기회를 빼앗기는 모습은 보고 싶지 않은데.”

나는 쉿쉿거렸다. 하지만 다른 선택의 여지가 없었다. 나는 스웨터를 입었다.

“클로드, 정말 잘 어울린다!” 소년 인간이 말했다.

“그 입 다물어라, 이 불쾌한 인간아.” 나는 또 쉿쉿거렸다.

그러고는 플로피에게 명령을 내렸다. “부하 녀석아! 고물 우주선의 속도를 최고로 올려라.”

“그럽지요, 오, 스웨터가 잘 어울리는 분이시여. 초고속 비행을 시작합니다!” 플로피가 말했다.

황제가 되는 그 즉시, 나는 훨씬 더 능력 있고 나를 덜 짜증 나게 하는 부하를 찾을 것이다.

41장

개 우주선을 타고 빛의 속도보다 100만 배 빠르게 이동하는 일은 이제껏 내가 해 본 것 중에 가장 끝내줬다. 그렇지만 이상하게도, 조금 지루하기도 했다. 우주가 끝도 없이 넓어서인지 볼만한 게 없는 구간이 너무 많았다. 게다가 '무궁무진'에 도착하려면 아직도 하루를 더 가야 했다.

그래서 '비췌' 헤드셋을 벗고 학교에 가야 하는 게 아쉽지만은 않았다. 적어도 역사 시간에 뉴트를 마주하기 전까지는 그랬다.

내일이 조별 과제 발표일이었기 때문에 맥쿼드 선생님은 수업 시간 내내 발표 준비를 하게 해 주었다. 내가 파일을 열어 보니 뉴트는 거기에다 슬라이드를 뭉텅이로 추가해 놓았다. 그런데 단두대와 전쟁 그리고 나폴레옹의 사랑 이야기에 관한 것들뿐이었다. 정작 '연도'처럼 정말정말 중요한 정보는 다 지워 버렸다.

"어떻게 '나폴레옹 법전'이 담긴 슬라이드 세 개를 몽땅

날려 버릴 수가 있어?" 내가 말했다.

뉴트는 잠들어 있는 척하다가 눈을 떴다. "아, 미안. '법적 개선'이 뭐 어쨌다고?"

"'나폴레옹 법전'은 나폴레옹의 가장 중요한 업적 중 하나야. 선생님이 우리가 꼭 알아야 한다고 강조하는 부분이잖아."

"저기, 라지, 이건 발표잖아. 만약 우리 반 전체가 잠들어 버리면, 우리는 형편없는 점수를 받게 될 거야." 뉴트가 말했다.

나와 뉴트는 슬라이드에 무엇을 남기고 무엇을 지울지에 대해 논쟁을 벌이다가 결국에는 발표를 나눠서 하기로 했다. 우리는 각자 원하는 대로 넣고 뺄 것을 정했다.

"내가 먼저 발표할게. 그리고 제발 부탁인데, 그 예고편 영상은 좀 빼 줄래?" 내가 말했다.

"아, 이 영상은 무조건 넣을 거야." 그러더니 뉴트는 영상 속 목소리 톤으로 말하기 시작했다.

"라지 바네르지의 성적이 'B-'인 세상……."

나는 헤드폰을 쓰고 다시 과제에 집중했다.

나머지 수업 시간은 더디게 흘러갔고, 마침내 수업이

다 끝났을 때 나는 시더와 스티브를 기다리지 않고 집으로 달려갔다. 빨리 우주선 안으로 돌아가고 싶었다! 하지만 엄마가 부엌에서 나를 붙잡고는 오늘 내 하루가 어땠는지 이야기하고 싶어 했다.

"괜찮았어요, 엄마." 나는 지하실로 향하며 말했다.

"클로드가 거기 있나 좀 볼래? 오늘 아침도 먹으러 오지 않았어." 엄마가 큰 소리로 말했다.

"아, 맞다. 어, 그러니까, 클로드가 몸이 좋지 않은 것 같았어요." 내가 말했다.

"살이 빠진 것 같더라. 동물병원에 데려가 봐야 할지도 모르겠어." 엄마가 말했다.

"괜찮을 거예요!" 내가 계단 중간에서 말했다.

'비퀘' 헤드셋을 쓰자, 왈크스가 어떤 수정 구름 안쪽의 어지러운 소행성대를 통과해 우주선을 조종하는 모습이 보였다.

"우아, 여긴 뭐야?"

"여긴 말이지, 착한 친구, '무궁무진'이야." 왈크스가 말했다.

42장

이루 말할 수 없이 지루하고 긴 여정 끝에 우리는 드디어 목적지에 도착했다. 왈크스가 우주선을 착륙시키기 위해 속도를 줄이며 하강하는 동안, 나는 '나뭇가지 결투'가 벌어질 나무를 경외심 어린 눈으로 바라보았다. 그 나무는 너무 거대해서 '시간의 신전'이 왜소해 보일 정도였다. 이제껏 내가 본 중에 가장 장엄한 광경이었다.

"이야! 저기에다 다리를 들어 올리고 싶어서 참을 수가 없네!" 왈크스가 미친 듯이 꼬리를 흔들며 말했다.

나는 이 무례한 잡종 개의 주둥이를 발톱으로 갈길 뻔했다. 하지만 낭비할 시간이 없었다. 팡그는 이미 신전 계단 꼭대기에 앉아 영광을 만끽하고 있었으니까. 나는 저곳으로 가야 했다. 지금 당장!

내가 마지막 계단에 발을 올린 순간 팡그가 말했다. "이런, 이런, 이런, 마침내 누가 도착했는지 보세요. 근데 이게 무슨 냄새죠? '개 입냄새'인가요? 아니면 '인간 몸내?'" 팡그가 코를 찡그렸고, 내가 도발을 받아치려는데 바보

같은 큐빕이 우리 사이로 고개를 들이밀었다.

"이봐요, 친구들! 둘 다에게 행운이 따르기를. 누가 이기든 서로 감정 상하지 말고요! 이 나무가 마음에 들었으면 좋겠네요! 나랑 진보파 친구들이 여러분을 위해 갉아 온 나무거든요. '상대를 이길 수 없다면, 그 상대를 위해 나무를 갉아라.' 제가 항상 하는 말이죠!"

그 순간 '시간의 신전' 문이 열렸다. 브라그녹스는 관중들의 우레와 같은 박수를 받으며 등장했다. 브라그녹스는 머리 위로 거대한 발을 들어 올리고 목을 가다듬었다.

"안녕하십니까, 우주 시민 여러분! 우리는 다음 황제의 탄생을 지켜보기 위해 다시 한번 모였습니다. 오늘, 동점은 없을 것입니다!"

군중들이 환호했고, 브라그녹스는 잠시 멈춘 뒤 말을 이어 나갔다.

"먼저, '오메가 지역'에서 이 멀리까지 나무를 배달해 준 큐빕과 '설치류의 진보파 단체' 동료분들에게 '현명한 위원회'를 대신해 감사의 인사를 전합니다."

그 비버는 두툼한 꼬리를 바닥에 철썩철썩 내리치며 스스로에게 박수를 보냈다.

"나무가 꼭 필요했습니다. 고대 고양이 법전에 따르면, 고양이들은 '나뭇가지 결투'로 우위를 증명하기 때문입니다. 나무에서 떨어지는 자는 '몰락'의 고통을 맛보고, 끝까지 나무에 남은 자가 38,763번째 우주 황제가 될 것입니다."

털이 쭈뼛 곤두섰다. 무한한 힘이 내 발톱 앞에 있었다.

"결투에 앞서 '블랙홀 38C의 까마귀들'이 '별이 빛나는 우주'를 부르겠습니다. 까마귀들은 일어서 주시기 바랍니다!" 브라그녹스가 말했다.

지금 내게는 이런 거창한 의식을 참아 줄 만한 인내심이 없었지만, 잡종 개들은 벌써부터 울부짖고 난리였다.

43장

나는 우주선도 멋지다고 생각했는데 '이곳'에 비하면 아무것도 아니었다.

여기가 어딘지는 모르지만, 무슨 공상 과학 영화에 나오는 거대한 동물원 같았다! 공중에 떠 있는 거대한 원판에는 판다, 너구리, 들소, 울버린, 토끼 들이 함께 있었고, 내가 한 번도 본 적 없는 다양한 종의 동물이 있었다. 어떤 동물은 지구에는 없을 것 같았고, 굴러다니는 커다란 슬라임 덩어리 같은 동물은 지구에 없는 게 분명했다.

"저건 '빌릴리고그'야. 유머 감각이 매우 뛰어나지." 플로피가 말해 주었다.

왈크스는 '선동단' 동료들에게로 갔고, 그사이 플로피와 나는 '사고지연' 회원들이 모인 곳을 찾고 있었다. 하지만 동물들로 너무 붐벼서 캣드로이드를 조종해 앞으로 나아가기가 어려웠다. 그때 갑자기 수천의 새가 귀청이 터질 듯 울었고, 그 소리가 하늘을 가득 메웠다.

"'별이 빛나는 우주'를 부른다!" 플로피가 소리쳤다.

그때, 더 큰 고함이 들렸다. 이번에는 엄마였다!

나는 '비퀘' 헤드셋을 벗었다. "뭐라고요?"

"라지! 아침 먹어야지!"

벌써 아침이라고? 내가 밤을 꼴딱 새운 건가? 아직 나폴레옹 발표 자료는 살펴보지도 못했는데. 오늘 오후가 발표였다.

"오트밀이 차갑게 식고 있어!" 엄마가 소리쳤다.

"배 안 고파요!" 나도 소리쳤다.

"그래? 난 배고픈데! 저기서 '참새 꼬치 튀김'을 파네. 가자." 플로피는 내가 누구와 대화하는지 모르고 말했다.

불꽃놀이가 시작되고 나서야 플로피는 마침내 찾던 무리를 발견했다.

"저기 있네! '사악한 최고 지도자 연합회' 말이야." 플로피가 말했다.

나는 플로피를 따라 원판으로 향하는 계단을 올라가다가 공포에 질려 얼어붙고 말았다.

"저건 누구야?" 내가 속삭였다.

"아코니우스 대령이야! 귀엽지 않니? 하지만 말벌처럼 사나워."

“아니, 다람쥐 말고. 무시무시한 이빨이 난 거대한 괴물 말이야.” 내가 말했다.

“아, ‘조크’ 말이구나? 맞아, 저 상어는 우주에서 가장 무시무시한 존재야. 내가 만나 본 바로는 그래.” 플로피가 말했다.

그 괴물이 내 쪽으로 걸어왔다. 다리 달린 상어라니! 나

는 너무 무서워서 잠시 '비퀘' 헤드셋을 벗었다. 내가 정말로 우리 집 지하실에 있는지 확인해야만 했다.

"네가 누구로 위장했는지 잊지 마." 플로피가 내게 속삭였다. 그러고는 큰 목소리로 다른 회원들에게 말을 걸었다.

"이봐, 사악한 지도자 친구들! 어쨌든 나는 알아서 잘

도착했어. 너희들, 내 걱정을 너무 많이 한 건 아니지!"

아무도 플로피를 걱정한 것 같지 않았다. 그런데 아코니우스 대령은 '나'에게 관심이 있는 듯 보였다.

"여기서 뭘 하는 거지?" 다람쥐가 따지듯이 물었다.

순간 내 정체가 탄로 난 줄 알고 불안에 떨고 있는데 플로피가 나서 주었다.

"여기는 '위스주크'야. 위스쿠즈의 형제 중 하나지. 위스주크는 위스쿠즈를 정말 싫어해. 너희도 알다시피 위스쿠즈는 인간들과 어울려 다니고, 개들한테 사과해서 고양이의 명예를 더럽히고, 스웨터 같은 걸 입고 다니니까."

"이곳엔 무슨 일이지, 야옹이? 왜 말이 없지?" 조크가 한참 위에서 내려다보며 물었다.

"위스주크는 늘 무음이야. 말을 할 수 없다는 뜻이지." 플로피가 말했다.

"조크도 무음이 무슨 뜻인지 안다. 조크는 어휘력이 뛰어나다." 조크가 플로피의 바로 옆에서 숨을 너무 거칠게 쉬는 바람에 플로피의 털이 뒤로 날렸다.

"물론 그렇겠지. 내 말은……." 플로피가 잔뜩 긴장해서 말했다.

“쉬이이이잇! 시작한다!” 아코니우스가 말했다.

나는 나무를 살폈고, 클로드와 팡그가 나무 밑동에 웅크리고 있는 모습을 보았다. 그때 나팔이 울리자, 클로드와 팡그가 나무줄기를 타고 오르기 시작했다. 둘 다 정말 빨랐고, 금세 신전 꼭대기보다 높이 올라갔다.

“이 결투가 얼마나 위험한 거야? 고양이들이 높은 곳에서 떨어져도 잘 착지한다는 건 알지만, 저 나뭇가지는 높아도 너무 높잖아.” 내가 플로피에게 속삭였다.

“저기서 떨어지면 어떻게 되냐고? 당연히 죽겠지! 네가 이 ‘참새 꼬치 튀김’을 못 먹는다니 정말 안타깝네. 진짜 맛있는데!” 플로피가 꼬치를 한 입 베어 물며 말했다.

44장

브라그녹스가 신호를 보낸 순간, 팡그와 나는 서로의 목을 향해 튀어 올랐다. 나는 '다섯 칼날 거꾸로 베기'를 완벽하게 날렸고, 팡그는 '사선 베기'로 맞섰다. 우리의 공격은 수염 한 올 차이로 서로에게 닿지 못했다.

내 숙적 역시 맹훈련을 해 온 게 분명했다. 팡그는 내가 본 적 없는 속도와 보다 맹렬해진 기세를 선보였다. 하지만 나는 다시는 팡그에게 패배하지 않을 것이다.

나는 왼쪽을 공격하는 척 눈속임하다가 적을 향해 달려들었다. 팡그는 쉿쉿거리며 날쌔게 피했고, 나는 그만 나무줄기에 부딪히고 말았다. 균형을 잃은 나는 나무껍질을 긁으며 미끄러졌다. 앞발의 발톱으로 간신히 매달렸고 뒷발은 허공에 달랑거렸다.

"곤란해 보이는군요, 옛 친구여." 팡그가 나뭇가지를 따라 나에게 다가오면서 큰 소리로 말했다.

'사고지연' 회원들의 환호성에 귀가 먹먹했다.

"벌써 발에 쥐가 난 건가요? 발톱 훈련을 게을리했군

요?" 팡그가 가르릉거렸다.

팡그가 나를 후려치려는 순간 나는 잡고 있던 나뭇가지를 놓았고, 공중에서 몸을 비틀어 완벽한 자세로 아래쪽 나뭇가지에 내려앉았다. 팡그도 나를 쫓아 뛰어내렸다. 우리의 앞발은 동시에 '달빛 발 가르기' 공격으로 맞부딪혔다. 그러고 나서 팡그는 내 예상대로 '납작하게 몸통 늘리기' 자세를 취했다. 나는 더 높은 나뭇가지로 뛰어오르며 이에 맞섰다.

"작은 새처럼 높은 홰로 잘도 깡충 뛰네요? 당신이 그럴 줄 알았죠!" 팡그가 외쳤다.

나도 팡그가 이렇게 시시한 조롱을 던질 줄 알았다.

곧이어 나는 팡그의 등을 공격하려다가 깨닫게 되었다. 믿기 어려웠지만, 잡종 개와 소년 인간이 맞았다. 팡그와 나는 너무나도 닮아 있었다. 내가 노리는 곳을 내 적도 노리고 있었다.

전략을 바꿀 때였다. 비록 그 전략이 내가 믿고 소중히 여겨 온 모든 것을 거스를지라도.

나는 잠깐 멈춰 서서 '개처럼 생각하려는' 의지를 애써 끌어냈다. 캑캑!

팡그가 히죽히죽 웃으며 말했다. "그 위에 무슨 일 있나요, 클로……."

적수의 말이 끝나기 전에 나는 그 앞으로 바로 뛰어내렸다. 팡그는 깜짝 놀라서 나를 빤히 쳐다보았고, 나는 곧장 달려들어 팡그의 코를 핥았다.

공포에 질린 팡그는 뒷걸음질을 치다가 몸의 균형을 잃을 뻔했다. 나는 산성 용액으로 혀를 씻어 내고 싶었지만, 바꾼 전략으로 원하는 결과는 얻어 냈다. 나는 다시 한번

다가가 팡그를 또 핥았다.

'사고지연' 무리에서 야유가 쏟아졌다. 그러나 내 귀에는 응원의 울부짖음도 들렸다.

"역겹기 짝이 없군요. 개들과 어울려 다니더니 당신, 개가 돼 버렸어!" 팡그가 침을 탁 뱉었다.

"볼품없는 길고양이보다야 개가 낫지!" 물론, 진심은 아니었다. 개들은 역겨웠다. 하지만 이렇게 말하면 팡그가 더 큰 충격에 빠질 것을 알고 있었다.

나는 팡그가 내 다음 행동을 알아채기 전에 '삼단 회오리 돌기'로 팡그의 머리 위를 뛰어넘었다. 그러고는 꼬리를 있는 힘껏 물고 도망쳤다.

분노에 찬 팡그가 으르렁거리며 나를 뒤쫓기 시작했다. 나는 나뭇가지에서 나뭇가지로 뛰어다니며 절대 멈추지 않았다. 나는 눈에 보이지 않을 만큼 대단히 빨랐다! 마치 바람과 하나가 된 것 같았다!

팡그는 내 뒤를 바짝 쫓아왔지만, 곧 거칠어진 숨소리가 들려왔다. 이제 팡그는 날 따라잡지 못할 것이다.

45장

“봐라. 야옹이가 도망치고 있다. 하하.” 조크가 말했다.

“저런 자가 자신을 최고 지도자라 부르다니! 사기꾼이 따로 없군!” 아코니우스도 한마디 했다.

클로드는 나무 위로 곧장 올라가고 있었고, 팡그가 그 뒤를 맹렬히 쫓고 있었다.

“저 클로드라는 자는 정말이지 모든 최고 지도자의 수치군! 저자를 우리 연합회에서 내쫓은 건 잘한 일이야. 안 그런가, 친구들?” 플로피가 말했다.

플로피는 나를 보며 누구나 알아챌 만큼 티 나게 윙크했다. 플로피의 연기는 거의 발로 하는 수준이었다.

한편 그사이 클로드는 거대한 나무 곳곳을 질주하며, 나뭇가지에서 나뭇가지로 껑충껑충 뛰어다녔다. 전혀 힘들어 보이지 않았다. 내 눈으로 직접 보지 않았다면 믿지 못했을 것이다. 클로드는 정말로 우리의 조언을 따르고 있었다. 팡그를 지치게 만들려는 클로드의 전략이 먹히고 있었다!

나는 '선동단'의 동태를 살피다가 왈크스와 눈이 마주쳤다. 왈크스는 내게 윙크를 하더니, 응원의 울부짖음을 내지르기 시작했다. 다른 개들도 응원에 동참하면서 너무 시끄러운 소리에 나는 휴대폰 알림이 온지도 모를 뻔했다.

띵동!

띵동!

띵동!

띵동!

나는 무시했다. 아니, 내 고양이가 어마어마하게 큰 우주 나무에서 철천지원수에게 쫓기는 상황에 문자 메시지 따위가 뭐 중요하다고?

띵동!

띵동!

띵동!

띵동!

하지만 계속해서 알림이 울려 댔고, 나는 누가 보냈는지 확인하기로 했다. 엄마나 아빠한테 무슨 일이 생겼다는 내용일 수도 있으니까. 나는 '비퀘' 헤드셋을 벗고 휴대폰을 보았다.

뉴트

라지! 너 어디야?

라지! 왜 학교에 안 왔어?

저기요??

라지???

우리 조별 과제 발표가 오늘이라고!!! 😬😬😬

라지!!

나는 시계를 보았다. 오전 10시 13분이었다.

어쩌다 이렇게 늦어 버렸지? 벌써 3교시가 지난 시간이었다!

상황이 좋지 않았다. 이젠 정말 학교에 가야 했다. 하지만 발길이 떨어지지 않았다. 내가 자리를 비운 사이에 결투가 어떻게 될 줄 알고? 그리고 잘 생각해 보면, 나는 이미 늦었고, 지금 서둘러 가도 지각하는 건 마찬가지였다.

그래도 마지막 시간인 역사 수업만큼은 꼭 제때 들어가야 했다.

나는 뉴트에게 몸이 좀 안 좋지만 걱정하지 말라고, 발표 시간 전까지는 맞춰 가겠다고 문자 메시지를 보냈다. 그러고 나서 다시 헤드셋을 끼고 바로 '무궁무진'으로 돌아갔다.

팡그는 완전히 녹초가 되어 있었다. 더 이상 클로드를 쫓지도 않고, 나무 꼭대기 근처의 나뭇가지에 앉아 숨을 헐떡이고 있었다. 그때 갑자기 어디선가 클로드가 날아들며 팡그의 앞다리를 후려쳤다.

팡그가 나뭇가지 옆으로 곤두박질치자 군중들은 숨을 죽였다. 팡그는 간신히 나뭇가지의 밑부분을 움켜쥐었지만, 오래 버틸 수는 없을 것 같았다. 팡그는 분노와 두려움이 섞인 비명을 토해 내며 필사적으로 몸을 끌어 올리려고 했다. 그러나 실패하고 말았다.

도리어 움켜쥔 발에 힘이 빠지며 팡그는 점점 미끄러지기 시작했다!

"아, 이런, 팡그가 여기서 걸어 나가기는 글렀네. 이봐요, 여기! '참새 꼬치 튀김' 좀 더 줘요." 플로피가 말했다.

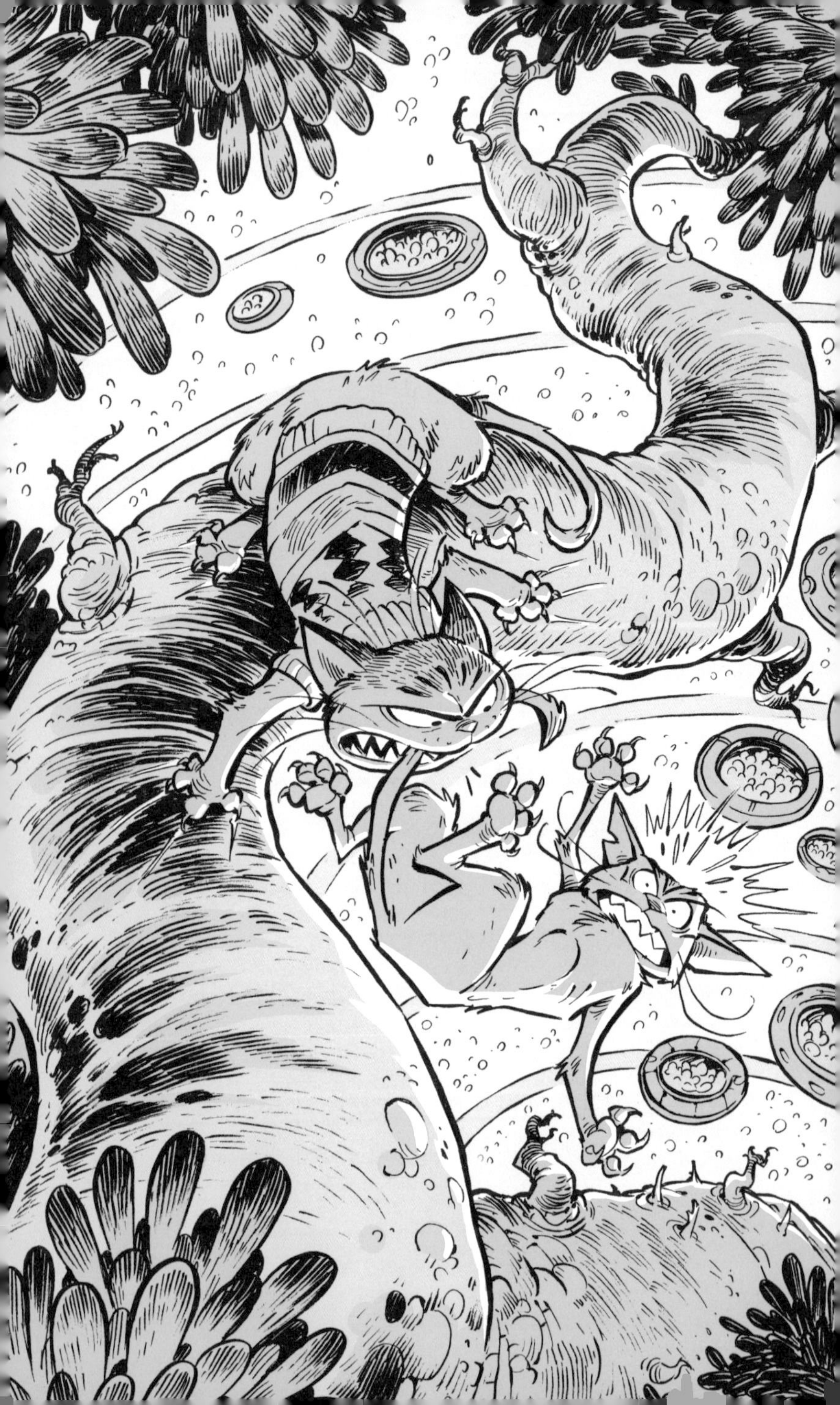

46장

나의 적이 죽음으로 곤두박질치려는 찰나, 충격적인 일이 벌어졌다. 몸서리나게 소름 끼치는 일이었다. 마지막 순간, 팡그는 구출됐다.

나조차도 믿기 힘들었지만, 팡그를 구한 것은 바로 나였다.

본의 아니게, 정말이지 본능적으로 팡그의 꼬리를 물어 나뭇가지로 끌어 올렸다.

나는 입안에 가득한 팡그의 털을 퉤퉤 뱉어 냈다.

“왜 그랬지?” 팡그가 쉿쉿거렸다.

나도 모를 일이었다. 나도 끔찍했다. 정의와 친절을 부르짖는 왈크스에게 어떤 식으로든 영향을 받은 걸까?

“널 구해 줬으니 고맙다고 해야겠지? 하지만 그럴 필요는 없다. 네가 내 승리를 봤으면 해서 한 일이니까. 그래, 그래서 그런 거다!” 나는 일부러 그런 것처럼 말했다.

팡그의 귀가 납작하게 뒤로 누웠다. “먼저 나를 이겨 놓고, 목숨을 구해서 굴욕감까지 주다니!”

나도 내가 한 일을 후회한다. 정말이다.

“당신이 새로운 단계의 잔악함과 폭력성에 눈을 떴거나, 아니면 그 반대겠군요. 어쩌면 개들의 믿음처럼 진짜 ‘선량한 동물’이 되었는지도 모르죠!” 팡그가 비웃듯이 꼬리를 획획 움직였다.

나는 팡그의 눈을 할퀴어 버리고 싶었다. 느닷없이 왈크스와 ‘선동단’ 바보들이 거대 원판을 타고 나무 주위로 몰려들지만 않았다면 말이다.

“당신이 해냈어요, 당신이 해냈다고요! 당신은 절대 사악하지 않아요!” 먹음직스러운 작은 생쥐가 말했다.

“클로드는 우리의 영웅입니다!” 날다람쥐가 외쳤다.

“내가 그랬잖아, 클로드는 선하고 진실한 친구라고. 내 생각엔 옷에 새긴 평화의 상징이 너에게 승리의 기운을 전해 준 것 같은데. 안 그래, 친구?”

나는 생쥐와 날다람쥐를 먹어 치우고 잡종 개의 눈을 할퀸 다음 팡그를 나뭇가지에서 밀어 버리고 싶었다. 그런데 문득 이런 생각이 들었다. 저들이 나를 예전과 달라졌다고 평가하든 말든 무슨 상관인데?

나는 우주 황제로 등극할 참이었다!

신전의 횃불이 켜지고 새 떼가 날아오르며 새로운 황제의 탄생을 알렸다. 나의 승리를 의심한 적은 없었지만, 막상 그 순간이 다가오자 믿기가 어려웠다. 새 무리가 구름 속으로 사라지고, 브라그녹스가 계단 꼭대기로 성큼성큼 걸어 올라갔다.

"새로운 우주 황제 만세! 팡그, 만세!" 브라그녹스가 큰 목소리로 외쳤다.

"뭔 소리를 하는 거냐, 이 바보 녀석아? 이긴 건 '**나**'다!" 내가 소리쳤다.

브라그녹스가 나를 보며 눈을 깜빡였다. "오, 당신이 팡그 아니었나? 다른 고양이란 말이지? 이런, 정말이지 둘을 구별할 수가 없군. 아, 어쨌든 새 황제는 클로드다. 만세."

"새로운 우주 황제 만세! 클로드, 만세!"

47장

학교로 달려가는데 심장이 터질 듯했다. 단지 빨리 뛰어서만은 아니었다. 내 고양이가 '나뭇가지 결투'에서 이겼기 때문이었다. 클로드가 우주 황제가 된다! 아, 그리고 수업 시간에 정말정말 늦기도 했다.

교실 문을 열고 들어가자 맥쿼드 선생님이 말했다. "바네르지 씨, 과제 발표를 하러 와 주시다니 얼마나 감사한지 모르겠습니다."

불은 꺼져 있었고, 첫 번째 슬라이드가 화면에 띄워져

있었다. 어둠 속에서도 뉴트가 나를 매섭게 쏘아보는 것을 알 수 있었다. 내가 숨을 헐떡이며 말했다. "미안해."

"와! 정말 열이 심하게 나나 봐, 라지. 땀이 뚝뚝 떨어지네." 뉴트가 말했다.

"맞아, 완전." 내가 뉴트에게서 슬라이드 쇼 리모컨을 건네받으며 말했다. 아직 숨이 많이 찼지만, 어쨌든 내가 맡은 부분을 발표해야 했다.

"그러니까, 나폴레옹은…… 어……." 나는 갑자기 아무것도 생각나지 않아 슬라이드를 돌아보았다.

"나폴레옹은 1769년 코르시카섬에서 태어났습니다."

시작은 좋지 않았지만, 나폴레옹이 장군이 되는 부분부터는 연습한 대로 내용을 잘 전달했다. 맥쿼드 선생님은 내가 말할 때마다 고개를 끄덕였고, 다른 아이들 역시 잘 이해하는 것처럼 보였다. 그러나 발표 막바지에 이르러 트레버는 입을 벌린 채 눈을 감고 있었다. 브로디 역시 잠든 듯 보였다. 미터법에 대한 내용은 뺐어야 했나.

"여기까지가 제가 맡은 부분이고, 이제는 뉴트가 발표하겠습니다."

나는 리모컨을 넘겼고 뉴트는 리모컨을 누르면서 활짝

웃었다. "모든 희망이 사라진 세상……."

곧바로 트레버와 브로디가 잠에서 깼다. 그리고 맥쿼드 선생님을 포함해 교실에 있는 모두가 몸을 앞으로 기울이며 집중하기 시작했다. 심지어 예고편 영상이 끝난 뒤에도 뉴트의 발표를 관심 있게 지켜보았다. 나폴레옹이 조제핀과 결혼한 이야기, 엘바섬으로 유배되었을 때 큰 파티를 열었던 이야기, 그리고 내가 중요하게 생각하지 않은 시시콜콜한 이야기들. 나는 결국 뉴트의 발표가 꽤 흥미로웠음을 인정해야 했다.

발표를 끝낸 뒤 우리는 질의응답 시간을 가졌고, 모두에게 박수를 받았다.

"두 사람 다 아주 잘했어. 정보도 있고, 재미도 있었어. 훌륭한 팀워크와 협업이었어." 맥쿼드 선생님이 말했다.

수업이 끝나고 복도로 나가는데 뉴트가 물었다. "야, 그때 못 먹은 피자 먹으러 갈래? 축하해야지?"

하지만 나는 이미 뛰고 있었다.

"다음에. 바로 가 봐야 할 데가 있어서!" 내가 뉴트를 돌아보며 외쳤다.

48장

나의 승리를 알리는 공식 선언부터 대관식까지 모든 일이 일사천리로 진행되었다. 먼저, 큐빕과 그의 동료 비버들은 축하 현수막으로 '무궁무진'을 장식했고, 1만 종의 새들은 '황제에게 바치는 노래'를 불렀다. 마지막으로 지평선에서 지평선까지 내 이름을 적은 유성우가 쏟아지며 하늘을 밝혔다.

정말 감동적이었다.

즐거웠던 행사가 끝난 뒤, 군중들은 다시금 '영원의 계단'에 모였다. 브라그녹스가 앞으로 나와 황제가 따라야 할 규칙인 '만물을 위한 바른 행동 강령'을 낭독했다. 당연히 나는 아무 관심도 없었다. 규칙은 하인이나 지키는 것이지, 만물의 주인을 위한 것이 아니었다.

이마저도 끝이 났고, 마침내 나는 황제의 지팡이를 받으러 계단을 올랐다. 오, 기쁘고도 기쁘도다!

내 모습은 늠름했고, 얼굴에는 위엄이 넘쳤다. 스웨터만 입지 않았더라면 훨씬 더 멋졌을 텐데. 나는 황제가 되는 즉시 옷을 비롯해 뜨개질한 모든 물건을 법으로 금지할 생각이었다. 그럼에도 우주에 나처럼 잘생기고, 품위 있고, 황제다운 지도자가 또 있을까?

없는 게 분명했다.

어떻게 아느냐고? 내가 나 자신을 지켜보고 있었기 때문이다.

더 정확히 말하자면, 나는 X2를 보고 있었다. 좀 전에 우리는 서로 자리를 바꿨고, 지금 스웨터를 입고 계단을 오르는 고양이는 X2였다. 그동안 나는 플로피와 '사고지연'의 다른 회원들 옆에 서서 잘생겼지만 말을 못하는 '위스주크'를 연기하고 있었다! 내 적들은 새로운 지도자이자 황제인 내가 그들과 불과 몇 센티미터 떨어진 거리에 있다는 사실을 전혀 눈치채지 못했다.

솔직히 '영원의 계단'에 직접 서서 동물들의 찬사를 받지 못해 실망스러웠다. 하지만 팡그와 '사고지연'의 지도자들이 내가 황제가 되는 걸 그저 두고 보고만 있을까? 그럴 리 없었다.

실제로 대관식이 진행되는 내내 아코니우스와 팡그 그리고 조크는 끊임없이 서로 속삭이고 있었다.

나는 그들에게 다가갔다. 나는 원래도 위장술을 잘 쓰는데, 지구 고양이로 위장해 보낸 시간 동안 상당한 기술을 연마한 상태였다.

"그래, 사악한 계획이라도 꾸미는 건가요? 여러분끼리만 알지 말고 같이 좀 즐기자고요." 내가 넌지시 말했다.

"딴 데 가서 알아봐. 이 사악한 계획에는 빈자리가 없으니까." 팡그가 쉿쉿거렸다.

팡그는 내 쪽을 힐긋거리지도 않았다. 반면에 아코니우스는 싸늘한 눈초리로 의심스레 나를 쳐다보았다.

"플로피가 너는 말을 못한다고 그랬는데." 아코니우스가 말했다.

"저는 위스쿠즈가 황제가 되는 꼴을 차마 볼 수 없어 침묵을 깨기로 한 겁니다! 물론 위스쿠즈는 훌륭하고, 멋지고, 리티르복스에서 가장 뛰어난 지도자였지요. 그렇다고 그가 우주 황제가 되어야 할까요?" 내가 말했다.

"들은 것과 달리 당신은 위스쿠즈를 그렇게 싫어하지 않는 것 같은데."

이제는 팡그도 나를 의심하는 눈으로 보며 말을 이었다.

"당신이 위스쿠즈를 가문의 수치이자 고양이 세계의 수

치로 여긴다고 들었거든. '개 성단'의 개들에게 사과한 일을 역겨워한다고."

"아니…… 맞아요, 그 사과가 진심이라면 끔찍하겠죠. 하지만 위스쿠즈가 어떤 목적이 있어 사과한 척한 건 아닐까요? 위스쿠즈는 늘 거짓말을 잘했잖아요." 내가 말했다.

팡그, 아코니우스 그리고 조크는 서로를 쳐다보았다.

"동료 지도자들이여, 위스쿠즈가 결코 잘하지 못하는 게 뭔지 아십니까?" 팡그가 발톱을 내보이며 말했다.

"그게 뭐지, 팡그?" 조크가 물었다.

"바로 '스파이 짓'입니다."

팡그의 말뜻을 깨달은 아코니우스는 눈이 커지더니 작은 발을 허우적거리며 무기를 찾았다. 다음 순간 아코니우스는 공기압 도토리 로켓을 정확히 내 코에 겨누었다.

"이제 너의 비참한 목숨을 구걸할 때다, 클로드." 팡그가 말했다.

"그래, 구걸해라, 쪼끄만 야옹이야! 조크는 구걸을 좋아한다." 조크가 말했다.

'사고지연'의 잔인무도한 자들이 나를 에워쌌다. 나는 포위됐고, 내가 할 수 있는 가장 거친 저항을 떠올렸다.

나는 가르릉거렸다.

“난 절대 목숨을 구걸하지 않을 것이다! 해볼 테면 해봐라, 아코니우스!”

“기꺼이 그러지. 잘 가라, 클로드!” 아코니우스가 재잘거렸다.

아코니우스는 정말 귀여웠다. 심지어 나를 산산조각 내려는 이 순간에도 말이다.

49장

나는 대관식 시간에 딱 맞게 집에 도착했다. 이건 진짜 말도 안 되는 일이었다! 그리고 정말 긴장되었다. '내'가 우주 황제의 자리에 오르다니! 물론 우리 집 지하실에서 '비퀘' 헤드셋을 쓰고 캣드로이드를 조종하는 것뿐이지만, 내게는 최고의 목요일이었다.

브라그녹스는 황제의 지팡이에 담긴 책임이 얼마나 막중한지, 유권자의 말에 귀 기울이는 것이 얼마나 중요한 의무인지를 길게 연설했다. 나는 클로드가 이 연설에 집중하고 있는지 궁금해졌다. 우주 황제가 클로드의 생각처럼 강력한 권력을 가진 것 같지 않아서였다.

클로드가 온 우주를 노예처럼 부릴 수 없다는 사실에 마음이 조금 놓였다. 그런데 수백만 광년 떨어진 곳에 모인 다양한 종을 보고 있자니, 이 모든 게 진짜라는 사실이 실감 났다. 나는 너무 슬퍼졌다. 왜냐하면 클로드에게는 너무나도 끝내주는 일이지만 클로드가 다시는 우리 집으로 돌아오지 않는다는 의미이기도 했기 때문이다.

"위기 상황 발생! '작은 거인', 위기 상황이라고! 내 말 들려?"

플로피의 목소리가 '비쿼' 헤드셋으로 들려왔다.

"'힘센 사자'가 위태로워졌어. 사악한 최고 지도자들이 행동에 나섰어. X2에 장착된 무기로 당장 맞서 싸워. 반복한다, X2에 장착된 무기로 당장 맞서 싸워라!"

'힘센 사자'는 클로드의 암호명이었다. 그런데 지도자들이 내가 아니라 클로드를 쫓는다고?

나는 군중들을 훑어보다가 곧바로 조크를 발견했다. X2의 최첨단 광학 장치로 화면을 확대해서 클로드를 본 나는 헉하고 말았다. 클로드는 조크, 팡그 그리고 아코니우스에게 둘러싸여 있었다. 우아, 아코니우스는 정말 귀여웠다. 그런데 잠깐만, 아코니우스가 들고 있는 건 총인가? 클로드한테 겨누고 있는 거야?

빠지직!

나는 X2의 눈에서 레이저를 발사했고, 아코니우스의 무기를 날려 버렸다.

끝내준다!

그런데 조크가 뭘 하는 거지? 조크는 입을 벌렸다. 세상에 대체 이빨이 몇 개나 있는 거야?

곧이어 나는 땅 위를 걷는 상어가 무엇을 하려는 건지 알아챘다.

조크는 내 고양이를 잡아먹으려 하고 있었다!

50장

"장난감 총은 치워라! 괜한 시간 낭비다. 조크는 배고프다. 조크는 저녁밥으로 고양이를 먹고 싶다!"

쫙 벌어진 조크 입속의 794개의 날카로운 이빨을 보고 있자니 꼬리까지 오싹해졌다. 하지만 나는 상어 밥으로 죽을 운명이 아니었다. 하다못해 싸워 보지도 않고 말이다!

괴물 같은 조크가 돌진했고, 나는 하늘로 뛰어올랐다. **철컥!** 조크의 강력한 턱은 허공을 물었고, 나는 그 주둥이 위에 내려앉았다.

"이 나쁜 야옹이! 조크는 너만 보인다!" 조크의 눈이 가운데로 몰렸다.

"곧 안 보일 거다!" 나는 강력한 '가위 베기'로 조크의 두 눈을 깊이 할퀴었다.

조크는 으르렁거리며 고개를 이리저리 내둘러 나를 이빨로 으깨려고 했다. **딱! 딱! 딱!** 하지만 나는 필사적으로 조크의 주둥이에 매달렸다. 그러자 조크는 내 발톱에 힘이 풀리도록 머리를 흔들고 날뛰다가, 나를 공중으로 휙

던졌다.

우두둑!

조크가 입에 문 고양이 형상을 바닥에 내리쳤다.

다행히도 그것은 내가 아니었다. 소년 인간은 다시 한 번 나를 구했다. 위기에 처한 나를 밀치고, 캣드로이드를 그 거대한 짐승의 입안으로 날려 보냈다!

조크가 강력한 턱의 힘으로 내 도플갱어를 반으로 동강 내 버렸다. 아플 것 같았다. 그러니까, 조크 말이다. 조크는 목에 걸린 캣드로이드 부품을 뱉으며 캑캑거리고 있었다.

"꼴 좋다, 이 배신자 괴물 녀석아! 이제 네 주인 앞에 머리 숙여 절하라." 내가 말했다.

그사이 팡그와 나머지 '사고지연' 회원들은 점점 나에게 다가왔다. "급할 것 없잖습니까, 귀여운 클로드. 더는 당신을 보호해 줄 도플갱어도 없고요." 팡그가 말했다.

그런데 팡그의 말은 엄청나게 큰 으르렁 소리에 묻혀 버리고 말았다.

왈크스였다! 그리고 다른 우주 경비대 개들도 함께였다. 그들은 으르렁거리며 우리를 둘러쌌다. (몇몇 토끼와

쥐도 나섰지만, 확실히 위협적이지는 않았다.)

“팡그, 조크, 아코니우스! 당신들을 체포합니다. 죄목은 아주 무궁무진하고요.” 왈크스가 말했다.

51장

캣드로이드의 눈을 통해 마지막으로 본 것은 조크의 입 안이었다. 결코 잊지 못할 광경이었다. 그러고 나서 '비퀘' 화면이 까매졌다.

나는 다시 연결해 보려고 했지만, X2는 이미 상어 뱃속 깊은 곳에 있는 듯했다. 그런데 클로드는 어떻게 됐을까? 무슨 일이 있는 건 아니겠지?

다행히도 헤드셋은 아직 플로피와 바로 연결돼 있었다. "여기는 '작은 거인', '절친' 나와라!" 나는 여러 번 되풀이했다.

"나왔다! 여기 나왔다!" 마침내 플로피가 응답했다.

"어떻게 됐어? 클로드는 괜찮아?" 내가 물었다.

"여기는 다 괜찮다, '작은 거인'. '힘센 사자'는 무사하다." 플로피가 말했다.

"클로드랑 잠깐 얘기할 수 있을까? 축하한다고 전해 주고 싶어서. 그리고 작별 인사도."

"글쎄, 주인님은 지금 우주의 열쇠를 받느라 좀 바쁜데.

아, 왈크스가 너랑 얘기하고 싶대!"

"라지, '사고지연'한테 제대로 '사고'를 쳤더라? 알아들었어? 아주 멋졌다고!"

"그래, 왈크스. 알아들었어." 나는 목이 메어서 이 말밖에 하지 못했다.

다음 날, 나는 온종일 기운이 없었다. 클로드는 죽지 않았고, 그래서 이제 만물을 지배하게 되었다. 정말 진심으로 좋았다. 하지만 나는 벌써부터 클로드가 그리웠고, 다시 볼 수 있을지 없을지도 전혀 몰랐다. 그날 저녁, 나는 밥을 넘기기조차 힘들었다. 그냥 깨작거리고만 있었다.

"아들, 무슨 일 있니? 어마어마한 조별 과제가 끝나서 세상을 다 가진 기분일 줄 알았는데." 아빠가 물었다.

나는 어깨를 으쓱하며 접시를 반대쪽으로 밀었다.

"클로드가 아파서 걱정되니? 내일 아침까지 괜찮아지지 않으면 동물병원에 데려가 보자." 엄마가 말했다.

엄마 아빠한테 뭐라고 말해야 할까? 지난 며칠 동안 클로드가 지하실 상자 안에 숨어 있다고 둘러댔지만, 이제는 사실대로 말해야 했다. 아니, 사실대로 말할 수도 없었다. 엄마 아빠는 결코 믿지 못할 테니까. 그렇지만 클로드가 떠났다고, 다시는 돌아오지 않을 거라고 설명해야 했다.

그때 내 휴대폰이 울렸다.

세상 최고로 전지전능한 지도자

“엄마! 아빠! 전화 좀 받고 올게요!” 내가 지하실로 뛰어 내려가면서 말했다.

“클로드! 작별 인사 하려고 전화했구나!” 내가 말했다.

“이젠 ‘만물의 주인’이시여, 하고 불러야지. 그리고 틀렸어. 내가 돌아가고 있다고 말해 주려고 연락했어. 너희 요새로 말이야.”

“우리 집? 여기로 오고 있다고? 지구로?”

“그래, 인간. 지구로 가고 있어.” 클로드가 말했다,

“하지만 왜? 너는 ‘무궁무진’인지 뭔지에서 우주를 다스려야 하지 않아? 그리고 넌 지구를 싫어하잖아?” 내가 물었다.

“인간, 난 지구를 그리 싫어하지 않는다. 비록 인간들이 멍청하고 못생겼지만, 너희는 어…… 친절하고…… 그리고…… 대접이 후하기도 하고. 그리고 어, 나는 너희 행성에 한 개밖에 없는 사랑스러운 달도 좋아해. 그래, 그래서

돌아가는 거야."

잠깐 정적이 흘렀다. 클로드가 목이 메어서 조용한가?

"클로드, 너 아직 거기 있니?"

"그래, 별의 전파 방해가 약간 있었을 뿐이야. 내가 어디까지 말했지? 아, 그래. 그날 용감하게 싸운 너에게 보상을 주기로 했다. 지구를, 아니 정확히 말하자면 너희 요새를 내 '우주 지휘 본부'로 삼겠다."

이게 대체 무슨! "잠깐만, 그러니까……."

"이 순간을 망치지 말고 그 입을 다물어라! 곧 도착할 거야. 치즈를 많이 준비해 두도록."

통화는 끝이 났다. 충격이었다. 우리 집 고양이가 우리 집 지하실에서 우주를 지배하려고 하고 있었다! 나는 정말이지 최고의 반려동물을 키우고 있었다.

52장

나는 소년 인간이 하려는 지루한 이야기를 참을 수 없어서 전화를 끊어 버렸다. 왈크스의 우주선을 타고 가는 것만으로도 충분히 재미없었으니까.

“잠깐만요, 엉덩이 냄새만으로 제가 야옹이 유치원에서 받은 열핵 물리학 점수를 알 수 있다고요? 놀랍군요!” 플로피가 말했다.

“그다지 놀랄 일은 아니에요. 그저 개코의 경이로운 능력이죠!” 왈크스가 말했다.

이 우주선에는 왜 탈출 장치가 없는 건지 정말 모를 일이었다.

나를 구하려고 애쓴 소년 인간의 노력은 가상했지만, 사실 내가 지구에 돌아가기로 한 이유는 그와 아무런 관련이 없었다.

내가 소년 인간의 요새에 우주 지휘 본부를 차리려고 마음먹은 것은 지구가 참을 만해서가 아니었다. 나는 여전히 지구가 몹시도 싫었다. 하지만 지구는 ‘사고지연’의

복수로부터 유일하게 안전한 장소였다.

왈크스와 우주 경비대들은 팡그와 조크, 아코니우스를 감옥 행성 '햄스타'로 보냈다. 그러나 그들이 지옥 같은 쳇바퀴를 돌리며 플라스틱 감옥에 갇혀 있는 시간이 그리 길지는 않을 것이었다.

그래서 나는 우주 황제로서의 첫 행보로 은하계를 '야생 보호 구역'으로 선포했다. 나는 왈크스에게 은하계 주변에 보이지 않는 힘의 장막을 세우고, 그 장막을 거둘 수 있는 유일한 암호를 내게 가져오라고 명했다. 이렇게 하면 내 적들도 막고, 나를 귀찮게 하려고 지구에 오는 왈크스도 막을 수 있었다.

요 며칠은 어떤 고양이도 경험하지 못한 최고의 날이었다. 그리고 지금이 가장 좋은 순간이었다. 이 구질구질한 잡종 개와 작별하는 것.

"최고 지도자님, 우리는 막 '무궁무진'에서 벗어났습니다. 이제 지구로 돌아가는 웜홀을 열 텐데, 지도자님이 통과하자마자 바로 닫힐 겁니다!" 잡종 개가 말했다.

"그래, 왈크스. 너를 만나서 좋았다고 말하고 싶지만, 전혀 그렇지는 않았다. 그럼 잘 가라, 영원히!" 내가 서둘러 말했다.

"영원은 몹시도 긴 시간입니다. 저는 지도자님의 생각보다 우리가 조금 더 빨리 만날 것 같은 기분이 듭니다!" 왈크스가 꼬리를 흔들며 말했다.

그게 무슨 말인지 궁금해할 겨를도 없이 플로피가 내게 몸을 문지르는 역겨운 애정 표현을 했다. 플로피의 형편없는 긴 털이 내 코를 스쳤다.

"능수능란한 주인님이시여, 다시 한번 함께할 수 있어서 정말 좋았습니다!"

"그래, 아주 좋았겠지. 순간 이동 장치 조종기는 어디에 있지?"

내 부하가 대답했다. "그 버튼은 바로 여기에 있습니다. 오, 위대한 분이시여. 그런데 그 전에 드리고 싶은 얘기가……."

나는 플로피가 말을 끝내기 전에 버튼을 눌렀고, 바로 사라졌다!

불과 0.001초 뒤에 나는 끔찍하고도 영광스러운 지구로 돌아왔다.

나의 사악한 통치가 시작되었도다!

협업과 팀워크로 더불어 사는 세상

여러분은 '나의 사전에 불가능은 없다.'는 말을 아나요? 바로 나폴레옹이 한 말이에요. 특히 우리나라에서는 모르는 사람이 없을 정도로 널리 알려진 명언 중 하나죠. 우리의 클로드 역시 나폴레옹 못지않게 불가능을 모르는 집념의 고양이에요. 고양이 별인 리티르복스의 최고 지도자였던 클로드가 지구로 추방됐을 때만 해도 금의환향은 결코 가능해 보이지 않았어요. 그런데 이제 리티르복스를 넘어 온 우주의 만물을 관장하는 '우주 황제'의 자리까지 오르다니요. 물론 왈크스를 비롯해 플로피와 라지의 도움이 없었더라면, 클로드 혼자서는 절대 이루지 못했을 일이지요.

반면 라지는 문제를 차라리 혼자 해결하고 싶어 해요. 역사 과목 점수가 걸린 조별 과제의 짝꿍이 하필이면 뉴트였기 때문이지요. 뉴트는 라지가 애써 만든 슬라이드를 자기 입맛대로 이리저리 고쳐 댈 뿐 라지에게 전혀 도움이 되지 않아요. 그런데도 선생님은 라지에게 '팀워크'와 '협업'을 강조하며 함께해 보라고 권유합니다. 라지는 그 말이 이해가 안 되지요. 클로드의 말마따나 왜 굳이 '함께'해야 할까요? 혼자서도 충분히 '맞서 싸울' 수 있는데 말이죠.

그러나 여러분은 이미 왜 그래야 하는지를 알고 있겠죠? 우리가 사는 세상은 절대 혼자 살아갈 수 없잖아요. 우리는 태어난 순간부터 가족이나 친구와 늘 함께하지요. 가족이야 언제나 내 편이 되어 준다지만 그 울타리를 벗어나 학교나 사회로 나오면 나와 맞는 사람보다는 맞지 않는 사람을 훨씬 더 많이 만나게 돼요. 심지어 그 사람들과 뭔가를 함께해야만 하는 순간도 생기고요. 이런 상황에 맞닥뜨렸을 때 라지처럼 무작정 피하거나 클로드처럼 맞서 싸우기만 하면 우리는 한 발도 더 나아갈 수 없을 거예요. 그래서 마음이 맞지 않아도 서로 조금씩 양보하고, 힘을 합쳐 뭔가를 이루어 내면서 '더불어 살아가는 법'을 배워야 해요. 이런 '협업'과 '팀워크'가 어떤 결과를 내는지는 작품에서도 똑똑히 보여 주지요. 라지와 뉴트는 선생님에게 칭찬을 받고(분명 좋은 점수도 받았을 거예요!), 클로드는 그렇게 바라던 우주 황제가 되지요.

늘 혼자서 못 할 게 없다고, 고독한 고양이가 최고라고 외치는 클로드마저 친구들과 힘을 모아 우주 황제가 됐으니 이번 경험을 통해 달라진 모습을 쭉 보여 주면 좋겠는데, 아무래도 아직은 무리인가 봐요.

"나의 사악한 통치가 시작되었도다!" 클로드의 이 말은 어떤 파란을 몰고 올는지! 클로드의 마지막 이야기는 과연 어떤 결말을 맺게 될까요? 이 기나긴 여정의 끝을 여러분도 '함께'해 주세요!

장혜란

글쓴이 조니 마르시아노 〈뉴욕 타임스〉 베스트셀러 작가이자 일러스트레이터이다. 쓴 책으로는 《노 굿 나인(The No-Good Nine)》, 〈마녀 도시 베네벤토(The Witches of Benevento)〉 시리즈 등이 있고, 그림책 〈매들린(Madeline)〉 시리즈를 쓰고 그렸다. 현재 가족과 함께 뉴저지 행성에 살고 있다. 고양이 황제 클로드의 장엄한 모험 연대기를 기록한 것만으로도 인간으로서 쓸모를 다했다고 생각한다.

글쓴이 에밀리 체노웨스 '에밀리 레이먼드'라는 필명으로 제임스 패터슨과 함께 《퇴학(Expelled)》, 《마녀와 마법사(Witch & Wizard)》, 《성에 갇힌 소녀(The Girl in the Castle)》 등의 베스트셀러를 공동 작업했다. 작가는 오리건주 포틀랜드에 살고 있는데, 1년에 140일은 '비'라고 알려진 찝찝한 액체가 내리는 곳이다. 집에는 '미야옹'밖에 할 줄 모르는 지구 고양이 두 마리가 함께 살고 있다.

그린이 롭 모마르츠 어린 시절부터 지금까지 괴물, 공룡 그리고 로봇을 그리는 것을 가장 좋아한다. 추운 날씨의 위스콘신주에 살고 있으며 주로 지하실에서 게임 아트, 어린이책, 캐릭터 디자인, 만화를 그리며 보낸다. 머릿속 공상을 종이에 옮기지 않을 때는 아내와 두 아이, 개와 시간을 보낸다.

옮긴이 장혜란 오랫동안 출판사에서 어린이책을 만들었다. 지금은 때때로 책도 만들면서 재미있는 어린이책을 우리말로 옮기는 일을 하고 있다. 옮긴 책으로 〈런치 레이디〉 시리즈, 〈나무 집 FUN BOOK〉 시리즈가 있다. 기회가 닿는다면 외계 고양이를 키워 보고 싶다.

외계 고양이 클로드 ❺ 새로운 우주 황제

초판 1쇄 2024년 12월 20일

글쓴이 조니 마르시아노, 에밀리 체노웨스 | 그린이 롭 모마르츠 | 옮긴이 장혜란
펴낸이 문태진 | 본부장 서금선 | 편집 송은하 임선아 | 디자인 김선미
마케팅팀 김동준 이재성 박병국 문무현 김윤희 김은지 이지현 조용환 전지혜
디자인팀 김현철 손성규 | 저작권팀 정선주
경영지원팀 노강희 윤현성 정헌준 조샘 이지연 조희연 김기현

펴낸곳 ㈜인플루엔셜 | 출판신고 2012년 5월 18일 제300-2012-1043호
주소 (06619) 서울특별시 서초구 서초대로 398 Bnk디지털타워 11층
전화 02)720-1034(기획편집) 02)720-1024(마케팅) | 팩스 02)720-1043
전자우편 books@influential.co.kr | 홈페이지 www.influential.co.kr

ISBN 979-11-6834-248-4 74840 / 979-11-6834-088-6 (세트)